鬼人幻燈抄⑥

明治編　夏宵蜃気楼

中西モトオ

双葉文庫

鬼人幻燈抄⑥
明治編　夏宵蜃気楼

目次

登場人物紹介

◇**甚夜**（じんや）
鬼退治の仕事を生活の糧にする浪人。自らの正体も鬼で、170年後、葛野《かどの》の地に現れる鬼神と対峙するべく力をつけている。

◇**野茉莉**（のまり）
鬼の夕凪《ゆうなぎ》に託されて育てることになった甚夜の愛娘。

◇三代目・**秋津染吾郎**（あきつそめごろう）
金工《きんこう》の名職人で知られる秋津染吾郎の名を継ぐ三代目。付喪神使い。

◇**宇津木平吉**（うつぎへいきち）
染吾郎の弟子。鬼を嫌悪している。

◇**兼臣**（かねおみ）
鬼討伐の依頼がきっかけで甚夜たちと暮らすことになった娘。刀にこだわりを持ち、妖刀・夜刀守兼臣《やとのもりかねおみ》を使う。

◇**向日葵**（ひまわり）
マガツメの娘を名乗る鬼女。

◇**地縛**（じしばり）
マガツメの娘で向日葵の妹。鎖で能力を縛る力を持つ。

◇**鈴音**（すずね）
甚夜の実の妹。正体は鬼で、甚夜の最愛の人・白雪《しらゆき》の命を奪う。葛野での悲劇の後、行方は知れず。

妖刀夜話《ようとうやわ》　～御影《みかげ》～

1

明治十年（1877年）・八月。

近頃、月日の重さというものを強く意識する。鬼となり千年の寿命を得てしまった甚夜《じんや》とは違い、人にとっての一年は非常に長い。それだけの時間があれば多くのものが容易に変わってしまう。

「おーす、おはよう。葛野《かどの》さん」

「どうも」

店先の掃除をしていると、『三橋屋《みはしや》』の店主である三橋豊繁《とよしげ》も同じように表に出てきた。毎朝同じ時間に店の準備を始めるため、豊繁と顔を合わせる機会は多い。近所付き合いは、それなりに良好だった。

「今日も、あっついなー」

「いや、まったく」

二十五歳になった豊繁は、以前よりも貫禄が出てきたように見える。相変わらず面倒くさそうに掃除をしているが手抜きは一切なかった。

「ほんなら」

「ええ」

軽い挨拶を交わして互いに店へ戻り、今度は仕込みに取り掛かる。あらかた準備が整う頃には、野茉莉《のまり》が起床して裏の井戸水で顔を洗い始める。昔は起こしてもらえるのが嬉しいからと寝たふりをしていた娘も、今では一人で起きるようになった。それを少し寂しいと感じてしまうのは仕方のないことだろう。

「さあ、朝食にしよう」

「うん」

親娘で向かい合い、言葉少なに朝食をとる。子供の成長というのは本当に早い。野茉莉は以前と変わらず黒髪を桜色のリボンでまとめている。しかし顔立ちからは少しずつ幼さが抜けて、体つきも一年前に比べると丸みを帯びた。まだまだ小さな娘だと思っていたが、今では立派な女性だ。

「なに？」

甚夜の視線に気付いた野茉莉は、居心地悪そうに身動《みじろ》ぎをしている。

「ああ、いや」

「そう」

よく分からない遣《や》り取りを交わし、また食卓は静かになる。かちゃかちゃと食器の音だけが鳴っている。気まずい空気をどうにか打ち破ろうと、甚夜はもう一度口を開いた。

「今日は、天気がいいな」

「うん、そうだね」

喧嘩をしているわけではない。野茉莉は家事や店の仕事に不満は持っていないようだし、優しく気遣いを忘れないところも昔と変わっていない。ただ、お互い以前のように上手く話せなくなった。野茉莉は大きくなった。そうすれば自然と親を煩わしく感じるのだろうか。もうずいぶんと無邪気な笑顔を見ていない。

「野茉莉、どうだ。今度どこかに出かけるか」

何気なく声を掛けたつもりだったが、野茉莉は曖昧な表情を浮かべて顔を背けてしまう。

「ううん、家事もあるし」

「いや、たまには」

「本当に！　大丈夫だから」

言葉を遮るように強く言う。自分で出した大声に驚き、野茉莉はさらに顔を赤くした。

「ご、ごめんなさい。店に出る準備してくるね」

一度も目を見ずに謝り、小走りで部屋を出ていってしまう。甚夜はそれを呼び止めることもできず、呆然と見つめていた。

葛野野茉莉、十四歳。

いつの時代であっても、子供には難しい年頃というものがあるのだ。

夜になって野茉莉が床に就いた後、甚夜は店舗の方で杯《さかずき》を傾ける。近頃は少しばかり酒量が増えていた。

「それは、葛野様も悪いでしょう」

いくらザルでも呑めば多少は気分が高揚し、口が軽くなれば自然と愚痴も零《こぼ》れる。

何の気なしに今朝のことを話せば、兼臣《かねおみ》は苦笑しつつもきっぱりとそう言った。

「勿論《もちろん》、話の途中で逃げ出す野茉莉さんの態度には問題があります。ですが、父親ならば時には叱り付けることも必要かと」

家における父親の権威は強く、子供は基本的にその意に沿うものだ。しかし両親と暮らした期間の短い甚夜は親としての振る舞いに自信がなく、今まで野茉莉を強く叱ったことがなかった。

「そう、か？」

「ええ。許すだけでは彼女のためになりません。野茉莉さんも、もう十四。どこかに嫁いでいてもおかしくない歳でしょうに」

「嫁ぐ……」

まだ早すぎるというのが率直な気持ちだった。あの子がもっと小さな頃は「相手は野茉莉が決めればいい」と本心で言えた。なのに今になって慌てるのは、大きくなって結婚が現実味を帯びてきたからだろう。にわかに動揺し上ずった声に、兼臣は呆れたような溜息を吐いた。

「ですから、もう子供ではないのですよ」

「あ、いや、分かっているつもりでは、いたんだが」

変わらないものなんてないと知っていた。野茉莉もいつかは大人になると理解しているつもりだった。しかし、本当の意味では分かっていなかったのかもしれない。子供扱いをしてはいけないと頭では理解しているのに、出てくる言葉は子供に対する物言いだ。結局のところ、甚夜は娘の成長についていけてなかった。

「ままならぬものだ」

兼臣は酒をやらない代わりに酌《しゃく》をしてくれていた。一度は遠慮したが、普段世話になっている礼だと言われては断るのも心苦しい。ぐっと呑み干せば喉が熱くなる。たまには雑な飲み方も悪くないかもしれない。

「お前にも、ああいう時期はあったのか」

酒を呑みながらも気にかかるのは野茉莉のことだ。女でなければ分からない点もあるかと聞いたが、兼臣は困ったような顔になった。

「いえ、私は随分前に生みの親を亡くしているものですから、相手がおりませんでした。もっとも、生きていたとて反抗する自分など想像もつきませんが」

初めて聞く話だった。そもそも兼臣とじっくり話す機会はなかった。もう五年近く同居しているというのに、彼女の過去などほとんど知らないのだと今さらながらに気付かされた。

「すまない。酒の勢いにしても不躾《ぶしつけ》だった」

「いいえ、お気になさらず」

また酒が注がれる。陰鬱な気分を飲み干すように、甚夜は一気に杯を空ける。その心を察したのか、兼臣はくすりと静かに笑った。

「難しいな、親というのは」

「人を育てるのです、当然でしょう」

「そういえば、お前は誰かに仕えていたのだったか」

面倒を見るという点では親も主も変わらない。何気なく零せば、彼女は一瞬動きを止めた。

「秋津《あきつ》様ですか」

「ああ。いや、答えたくなければ別にいい。重ね重ね、すまなかった」

思った以上に酔いが回っていたのかもしれない。染吾郎《そめごろう》には「兼臣の主人は鬼にやられた」と聞いた。軽々しく話題に出すべきではなかった。浅はかな発言を反省して謝罪すると、しばらく考え込んでから兼臣は薄く微笑んだ。

「いいえ、悪意がないのは承知しております。ただ、ご期待には沿えず申しわけないのですが、あまり面白い話はできません」

冗談のような調子だが、胸中は決して穏やかではないはずだ。おそらく彼女の主人は地縛《じしばり》に殺された。つまり彼女の目的は敵討《かたきう》ちということになる。知らず溜息が零れた。刀を捨てられず復讐を願う。彼女もまた明治の世に取り残された一人だった。

「葛野様は妻《めと》を娶ろうとは思わないのですか？」

兼臣があからさまに話の流れを変える。聞かれたくない以上に、失言をした甚夜への気遣いなのだろう。どのみち彼女の無念が晴れるのは、地縛を打ち倒したその時だけだ。これ以上は追及できなかった。

「相手がいない。それに以前、野茉莉に母親はいらんと言われた」

「それを律儀に守るあたり、貴方らしい」

穏やかに、なんとも楽しそうに兼臣は頬を緩ませる。

「そういうお前はどうだ？」

「生憎《あいにく》とそういった縁はありませんでした。そもそも私は刀、迎える物好きなどいないでしょう」

彼女の酌を受けつつ、甚夜も小さく笑みを落とす。ぴちょん、と最後の一滴まで杯に注がれ、これで最後の徳利《とっくり》も空になった。

「深酒は体に毒。そろそろお休みになられては？」

「そうしよう。愚痴に付き合わせてしまったな」

残った酒を喉に流し込み、ゆっくりと息を吐く。心地よい熱さがじんわりと広がる。悩みは尽きず解決策が浮かぶでもない。しかし少しは気が楽になった。

「いいえ。葛野様にはお世話になっておりますゆえ」

甚夜の様子に安心したのか、兼臣も返すように微笑む。彼女は徳利を片付けると寝床に戻った。

酒の席でもぼかした身の上話がせいぜいだ。同じ屋根の下で暮らしていても、互いの距離は思った以上に離れていた。奇妙な心地で彼女の背中を見送り、そろそろ自分も寝ようと席を立てば、計ったように暗がりから声が聞こえた。

「父様？」

「野茉莉、どうした」

障子に身を隠し、覗き込むようにこちらを見ている。ひどく不機嫌そうな顔だった。

「ちょっと目が覚めて。お酒、呑んでたの？」

声は重く冷たい。別に後ろめたいことがあるわけでもないのに、何故か歯切れが悪くなってしまう。

「あ、ああ」

「兼臣さんと？　夜中に、二人きりで？」

「む、少し、な」

野茉莉は無感情で平坦な言葉を積み上げていく。問い掛けているというのに、その眼には興味も好奇も宿ってはいない。

鬼との戦いでさえ気圧《けお》されたことなどほとんどない。だというのに愛娘の放つ圧迫感に、甚夜はたじろいだ。そんな父に野茉莉はわずかながら眉を顰《ひそ》め、昏《くら》い視線を向けた。

「……不潔」

ぼそりと呟き、反論は聞かず去っていく。咄嗟《とっさ》のことで甚夜は何も返せなかった。そもそも何と答えればよかったのかも分からない。

甚夜は愛娘からぶつけられた言葉に打ちのめされ、しばらくの間立ち尽くしていた。

「いやあ、せやけど野茉莉ちゃん、かいらしなったなぁ」

昼時になり店を訪れた染吾郎は、店内を動き回る野茉莉を眺めながらそう言った。

甚夜も口にこそ出さないが同意する。親の贔屓目《ひいきめ》はあるが、娘は十分に可愛らしくなったと思っている。

「僕も爺になるわけや」

彼もまた野茉莉の成長を見つめてきた一人であり、なにやら感慨深いものがあるようだ。きつね蕎麦をゆっくりと啜《すす》りながら穏やかに目を細める様は、言葉通り孫の息災を喜ぶ祖父といった印象だ。しかし甚夜は、この男が一筋縄ではいかないことをよく知っている。

「なぁ？　平吉《へいきち》」

予想通り、染吾郎は穏やかな顔のまま、隣でてんぷら蕎麦を食べている弟子をからかい始めた。

「えっ⁉」

「せやから、野茉莉ちゃん。かいらしなったと思わへん？」

宇津木《うつぎ》平吉。今年で十七になるこの青年は、秋津染吾郎の弟子である。付喪神《つくもがみ》使いを目指しながらも体は鍛えているのだろう。歳の割に肩幅は広く、背丈も五尺半ほどと体格がいい。いくつか術も習得し、「そこそこできるようになった」と染吾郎が嬉しそうに話していた。

「あ、はい、いや、ええ？」

平吉は鬼を嫌っており、その割に文句も言わず『鬼《おに》そば』へ訪れるようになった。以前は師に無理矢理連れてこられていただけだったが、今では一人で蕎麦を食いに来ることもある。それがどういう感情からの行動かを理解できないほど甚夜も鈍くはなかった。

「そら、はい。俺も、そう思い、いやいや！」

「知ってんで、平吉、野茉莉ちゃんに会うために時々ここ来てるやろ？」

「えっ、なんで⁉」

ぼそぼそと、しかし甚夜にも聞こえる程度の声量で染吾郎が囁く。自分自身では隠せているとでも思っていたのか、平吉は指摘された事実に顔を赤くして慌てふためいていた。

「いやぁ、かいらしなったもんなぁ。桜色のリボンもよう似合《にお》てるわ。あれや、今のうちにお義父上《ちちうえ》に頭下げといた方がええんちゃう？」

「お、お師匠⁉　そんなんちゃいますから⁉」

「僕に隠し事なんかせんでもええやろ。ほれ、言うてみ？」

説明するまでもないが、平吉は幼い頃から付き合いのある野茉莉に懸想《けそう》をしており、暇があれば鬼そばへ顔を出す。といっても彼は奥手で、知人としての会話はできるもの想いを告げられず右往左往している。意気込んで蕎麦屋に来たはいいが、がっくり肩を落として帰るというのが恒例になっていた。

「父親の前でそういう話をしてくれるな。どういう顔をすればいいのか分からなくなる」

平吉を弄《いじ》っているように見えて、染吾郎が本当にからかおうとしているのは甚夜の方だ。娘の色恋沙汰で慌てさせようという魂胆だろう。

「あらら、案外平気そうやな」

「お前の弟子なら、どこの馬の骨とも分からん男よりは信が置ける。取り立てて騒ぐことでもあるまい」

「なんや、ちょっと照れるなぁ」

少しばかり恥ずかしそうに染吾郎は頬を掻いた。察しのいい男だ、世辞ではなく本心だと理解したようだった。

「ま、それは置いといて。そしたら平吉と野茉莉ちゃんがそうなっても？」

「私が口を出すことではなかろう」

明治になって、自由恋愛という考えもちらほらと聞こえてくるようになった。個人的にはまだ娘であって欲しいと思うが、野茉莉が望むのならばそれでいい。

ただ、わずかに引っかかりはあった。平吉に文句はないが、本当ならばもう一人、婿になるかもしれなかった者がいたのを思い出してしまったからだ。けれど、それはもう望めないだろう。友人をこの手で殺した。彼の息子にも妻にも、今さら合わせる顔がなかった。

「えっ、ほんまに⁉」

平吉は思い切りにやけている。

彼は目標のために努力できる人間で、そのための手段に正道を選べる誠実さも持ち合わせている。相手が平吉だというのは、少なからず安心できる要素ではあった。

「まあ、それも野茉莉が――」

望むのならば、だが。そう続けようとして、悲しそうな、苛立ったような声に遮られた。

「……私のいないところで、そんな話しないでよ」

いつの間にか傍まで寄っていた野茉莉が、無表情で見つめている。しばらく沈黙が続き、新しい客が入って来たところで離れていった。

「なんや、僕、まずかった？」

「お前のせいではない。近頃はどうにも、な」

まずかったのは、むしろ甚夜だ。自分の行く末を父が勝手に語るなど確かに不快だろう。もう少し気遣わなければいけないところだった。

「お父さんは大変やね」

「まったくだ」

弱音を吐いた甚夜がいつもより疲れて見えたのか、染吾郎がわざとらしく明るい表情を作った。

「せや、実は君好みの話持ってきたんやった。詫び代わりに聞いたってぇな」

「ほう?」

自然と甚夜の顔付きが一転した。どれだけ日常に浸かろうとも所詮は鬼、掲げた己は曲げられない。そのあり方に苦々しいものを感じながらも、染吾郎の言葉に耳を傾ける。

「近頃な、百鬼夜行を見たって話がようさん聞こえてくるんや。なんや被害が出た、ゆうとこまではいってへんねんけどな。鬼がなんやしてるんは間違いなさそうやわ」

例えば『宇治拾遺物語』には、ある修行僧が摂津の竜泉寺で百もの鬼と出くわした話が記されているが、夜毎《よごと》に町を練り歩く鬼や妖怪の群れを百鬼夜行と呼ぶ。遭遇すれば寿命が縮むなど不吉の象徴として多くの説話が残されており、都を闊歩《かっぽ》する怪異の代表格と言える。

「成程《なるほど》、確かに私好みだ」

百鬼夜行というからには、それなりの数の鬼が目撃されているのだろう。いきなり自然発生したとは思えない。何か裏がある。そして、その裏はおそらく。

「ああ、せや」

思い出したように染吾郎は付け加える。

「百鬼夜行の中心には、鎖を操る鬼女がいたっちゅう話や」

マガツメが動き始めたのだ。

2

つまり、兼臣は刀であった。

『娘はいずれ南雲《なぐも》を継ぐ。しかし剣の腕がなくてな。指南をしてやってくれ』

退魔の家系として名高い、妖刀使いの南雲。当主の娘、南雲和紗《かずさ》は退魔の家の生まれだが、その容姿は刀など似合わない優しげな少女で、一見すれば良家の令嬢としか思えない線の細さだった。

『よろしくお願いします』

和紗の父に引き合わされたのが初めての出会いだ。

その時、和紗はまだ十二の女童だった。外見に反してタコのできたごつごつとした手、だというのに剣の腕はあまりに拙《つたな》い。それもそのはず、和紗は鬼が相手でも斬ることを躊躇《ためら》い、刃が触れる直前で止めてしまう。いくら技術があっても、鍛錬を真面目にこなしても、その心根の優しさが全てを無駄にしていた。

兼臣は彼女が退魔に向いていないと思っていた。優し過ぎて、誰かを傷付けることに傷付けられるような娘だ。鬼を討つ家の当主には相応《ふさわ》しくない。

——貴女は、刀を振るうのには向いていない。

　辛辣《しんらつ》な物言いは兼臣なりの優しさでもある。彼女の父の考えはともかく、別に当主は和紗でなくてもいい。このような優しい娘が退魔の家を継ぐ必要はないはずだ。

『ええ、私もそう思います。ですが、だからこそ父は私を望んでくださったのです』

不躾な言葉に怒りもせず、和紗は柔らかに微笑む。少女は案外と頑《かたく》なで、兼臣の諫《かん》言《げん》を受け入れることはなかった。

『貴女は、躊躇《ためら》い鬼を斬れぬ私が妖刀使いに相応しくないと言う……けれど本当は、傷付けることを躊躇えない人こそ相応しくないのです。妖刀は心を持てど、何を斬るかは選べない。ならば、使い手はそれを選べる者でなければなりません』

弱々しい娘としか見ていなかった。けれど兼臣が見抜けなかっただけで、彼女はその胸に相応の決意というものを宿していた。

南雲和紗は迷いなく言ってのける。

『斬るべきものを選べる心こそ、南雲の誇りなのです』

なんともお人好しな退魔の家系があったものだ。兼臣は呆れながらも、妖刀の心さえ慮《おもんぱか》る彼女達を気に入った。目の前でたおやかに笑う和紗の力になってやりたいと思ってしまったのだ。

だから兼臣はこの優しい娘が傷付かぬよう、優しいままでいられるようにしてやりたかった。彼女を助け、立ち塞がるものを断って捨て、進むべき道を切り開く。そういう刀になりたかったのだ。なのに鎖にその身を貫かれる和紗の姿が、今も焼き付いている。

大切な者を奪われた。それを取り返せるのならば、いかな屈辱でも耐えよう。

兼臣の道行きは、ただそのためだけにあった。

結局のところ、兼臣は刀としての生き方しか選べなかった。

鞘《さや》は、とうの昔に失くしてしまった。

「そこの女、止まれ！」

兼臣は三条通を小走りに抜けていく。廃刀令が施行されても帯刀を止めない彼女は警官隊によく追われており、要注意人物としてあげられるほどだ。しかし刀を手放すことはできず、追走は既に日常的な光景となってしまっていた。

「ふぅ」

いい加減、この遣り取りも面倒くさくなってくる。兼臣にとって、明治という時代はひどく生きにくい。

とりあえずは警官隊をやり過ごし、再び通りを歩く。しばらくすると小間物屋の店先で唸っている平吉と出くわした。

「宇津木様？」

「あ、兼臣さん」

えらく真剣に悩んでいる様子だったが、兼臣の姿を確認すると平吉が軽く頭を下げる。知り合いに会って無視するのも決まりが悪い。こちらも小さく挨拶を返した。

「どうしはったんですか、こんなとこで」

「いえ少し。宇津木様は？」

体格のいい十七の青年が女物の櫛《くし》や装飾具を扱う店で悩んでいる姿は、中々に奇異だ。思わず問うてみれば、平吉がわずかに顔を赤くした。

「いや、俺も、ちょっと」

「はあ」

突っ込んで聞くほどの興味もなく、結局話はそのまま立ち消えた。

兼臣にとって、平吉は居候《いそうろう》先の蕎麦屋によく来る客だ。平吉にとっては師匠の知り合いであり、行きつけの蕎麦屋の居候くらいの認識だろう。お互い顔は知っているものの、そこまで親しくもない。話が途切れると何となくいたたまれない心地になってしまい、気まずさから逃れるように兼臣は当たり障りのない話題を振った。

「今日は、秋津様は？」

「いつも通り蕎麦食べに行ってます。まあ、ほんまはあいつに会いに行ってるんでしようけど」

付き合いが長くなったとはいえ、鬼である甚夜を完全に受け入れることはできないようだ。

「相変わらずですね」

「今回は変な話仕入れてきたみたいやし、それ関係やと思います」

「変な話、ですか」

こくんと頷いてから平吉は言った。

「はい、鎖を操る鬼女が、夜な夜な鬼を引き連れ練り歩いてるらしいんです」

その言葉が兼臣にとってどういう意味を持つのか、彼は知らなかった。

◆

夜になり、野茉莉が寝静まってから甚夜は腰に夜来《やらい》を差した。

廃刀令が施行されて日中の帯刀は難しくなった。しかし鬼を討つのに無手というわけにもいくまい。形だけは法に従ったとしても、どこまでいっても彼は刀を捨てられなかった。

　心を落ち着けるようにゆっくりと呼吸をする。出かけようと自室から玄関に向かえば、兼臣が待ち構えていた。

「葛野様」

　朝出かける前は普通だったが、今の彼女は昏い顔をしている。その理由は甚夜にも想像がついた。

「どうした」

「地縛が、現れました」

　やはり彼女も百鬼夜行の噂を聞きつけたらしい。五年ぶりに姿を現した仇敵だ。冷静でいられる方がおかしい。それでも感情に任せた行動をとらない辺り、彼女は現実というものを知っている。自らの腕では地縛を倒せない。彼女はそれを誰よりも理解していた。

「どうやらそのようだ。百鬼夜行を引き連れるとは、しばらく見ぬうちに随分と出世したらしい」

「では、貴方も」

「ああ。染吾郎から場所も聞いた。今夜向かうつもりだが、お前はどうする」

「答えなど、聞く必要もないでしょうに」

「そうだったな」

確かに意味のない問いだった。断るなどあり得ない。そのために刀を振るってきた。今さら尻込みする理由がどこにある。悲壮なまでの決意をまとい、兼臣が頭を下げた。

「……どうか、御助力を」

微動だにせず、ひたすらに願う。刀を振るう者が、己が刀の弱さを曝《さら》け出す。それは耐えようもない屈辱だろう。憎むべきものを前にして力が足りない、その悔しさには甚夜も覚えがあった。

「私は、お前を立派だと思っている」

返す答えは紛れもない本音だった。

「地縛の噂を知ったお前は、考えもなく動くと思った。だが違ったな。仇《かたき》と憎みながら、激情に駆られて無謀な行動をとるような真似はしなかった」

「褒められたことではありません。私では勝てない、だから貴方に縋《すが》っただけです」

兼臣は奥歯を噛んで悔しさに端正な顔を歪めている。因縁を前にして、ただ力を貸してくれと縋るしかできない。その無念はいかほどのものか。彼女には斬るべきを斬れない自分自身が無様に思えているのだろう。

「弱さを認めるのは、強くあるより遥かに難儀だ。お前の気質では誇れはしないだろうが、卑下しなくてもいい。憎しみを飲み込むだけの度量は、素直に見事だと思うよ」

甚夜には耐え忍ぶ兼臣が眩しく映る。自然と左手が夜来にかかり、落とすような小さな笑みが零れた。

「私にはできなかった。正直、嫉妬さえ感じるな」

もしも彼女のような強さがあったなら、遠い夜に妹を傷つけずに済んだのだろうか。心の片隅でそう思っても、どろりとした憎悪が過《よぎ》る。そういう男なのだから、あの幕引きも結局は似合いの終わりだったのかもしれない。

「すまない。何故か、お前には愚痴を言ってしまう」

「ふふ、それが信頼の証なら、甘んじて受け入れましょう」

ようやく、小さくだが兼臣は笑ってくれた。それだけでも愚かさを晒《さら》した甲斐があった。幾分か肩の力を抜いた彼女は、甚夜の目をまっすぐに見詰めた。

「あの、葛野様。代わりと言ってはなんですが、私の話を聞いてもらってよろしいでしょうか？」

淀みのない瞳には、彼女の決意のほどが表れている。こうやって本当の意味で向かい合うのは初めてだ。甚夜からは聞けなかった。過去に追い立てられ、生き急いできた身だ。隠した傷を根掘り葉掘り聞くのは気が引けた。それはおそらく彼女も同じだ。だから起居を共にしながらもお互い一線を引き、ただの同居人として接していた。

しかし、兼臣が覚悟を決めたのならば受けてやらねばなるまい。

「ああ、聞こう」

「ありがとうございます」

重々しく頷けば、彼女はもう一度はにかんで見せた。そうして緩やかに語り始める。

「貴方には聞いて欲しいのです。私の始まりを。守るべきものを守れなかった、無様な刀の話を」

◆

兼臣は刀として南雲和紗に仕えた。一方、和紗にとっての兼臣は刀である以上に剣の師であり、教え諭してくれる姉であり、何よりも無二の友だった。それがくすぐったく、同時に心地よくもある。兼臣は南雲の家での暮らしに言い様のない安寧を感じていた。

『おぉ、和紗。元気やった？』

時折南雲の家へ遊びに来る男は、秋津染吾郎と名乗った。妖刀を扱う南雲と付喪神を使役する秋津。共にあやかしとなった器物を扱う彼らはそれなりに交友があるらしく、三代目の染吾郎は土産に京の菓子を持ってきては日がな一日南雲の家で過ごしていくこともあった。

『いつもありがとうございます、秋津のおじ様』

『あはは、止めてぇな。年寄りになったみたいや』

三十歳を過ぎれば十分に年寄りだと思いますが。

兼臣がぽつりと呟けば、それを耳聡《ざと》く拾った和紗が面白そうに話してしまう。染吾郎がにこにこ笑いながらどすの利いた声で兼臣を睨み付けた。

『なんやゆうてくれたらしいなぁ？』

大人気《おとなげ》ないことこの上ない。けれど和紗が心底楽しそうに笑うから、兼臣はそれでいいと思った。

妻も子もいない染吾郎は和紗を大層可愛がった。彼女が十五になり、初めて退魔を請け負った時も心配してついてきたほどだ。

あの夜は今でも覚えている。修練で鬼を斬ることはあっても実戦では未経験だ。だが退魔の当主になる身として、同道する秋津染吾郎の助力を断り、自らの手で一切を為すと和紗は譲らなかった。

怪異を前にした彼女の手は緊張で震えている。胸中にあるのは怯えよりも躊躇いだろうか。

大丈夫、貴女なら勝てる。兼臣は少しでも心安らかであれるよう気遣い、それを受けて和紗は硬いながらも笑った。

『力を貸してくださいね？』

当たり前のことだ、自分は彼女の刀なのだから。

もっとも力を貸す必要はなく、和紗は苦戦せずに鬼を斬り伏せた。南雲の当主になるために積んできた鍛錬が実を結んだのだ。

鬼が消えうせたところで、つう、と涙が彼女の頬を伝う。

『謝りはしません。これが、私達の役目ですから』

歯を食い縛り、なおも一筋の涙を堪えられなかったことを和紗は嘆いていた。自分で討つと決めたのに命を奪うのが辛いと涙を流すのは、ただの逃げだと彼女は言った。

その心が兼臣には尊く感じられる。和紗は歳月を経て優しく強く育った。彼女に仕えたのは間違いでないと信じさせてくれた。

しかし終わりは唐突に訪れる。

二年後、鬼の討伐にも慣れてきた頃だ。その頃には成長を見届けたためか、染吾郎が同道することもなくなった。その日も和紗は依頼に従い、鬼の討伐へと赴いた。対峙したのは無貌の鬼。顔、髪、皮膚がなく四肢と爪だけを持った、何もかもが足りな過ぎる鬼だった。

外見は奇妙だが敵には違いない。和紗はいつものように傷付けることを躊躇いながらも刀を振るう。だが、そいつは今まで対峙したどの鬼とも違った。鎖を操る力で、いとも容易《たやす》く和紗の命を奪ったのだ。

別れの言葉一つなく、まさに一瞬で彼女の魂は体を離れた。

まだ生まれたばかりだったのだろうか。次第に鬼の顔に目が、鼻が、口が浮かび上がってくる。そうしてできたばかりの口で、和紗の命を奪った鬼は自らの名を確認するように何度も呟く。

『地縛。あたしは、地縛……』

兼臣はその声を遠くに聞きながら、ひたすらに悔いていた。

守れなかった。兼臣にできたのは、抜け殻となり動かなくなった和紗と共に逃げるだけだった。主の身を守れず、主の敵を斬ることもできない。何一つ為せぬ無様な刀、それが兼臣だった。

それ以後の話は、甚夜も知るところである。

旧知である染吾郎を頼り、兼臣は「刀一本で鬼を討つ剣豪」に地縛の捕縛を依頼する。

胸中にあった感情は、ただ一つ。

あの鬼に奪われたものを必ず取り返す。

それだけが全てを失った兼臣の道行きを支えていた。

◆

「ですから、私は、地縛を」

「もういい」

淡々と語っているつもりでも声は震え、表情は悲哀に歪む。開いた両目から今にも後悔が流れ出そうで、甚夜は続く言葉を素っ気なく止めた。粗方の内容を聞ければ十分、これ以上は酷というものだろう。

「すみません」

「謝らなくていい。お前の気持ちが分かるとは言わん。だが、守るべきものを守れぬ辛さは知っているつもりだ」

脳裏に映るのは、かつて幼き日を共に過ごした愛しい人だ。本当に大切だった。なのに何一つ守れなかった。抱える苦悩は本人にしか分からないとしても、少しくらいは寄り添ってやれた。

「おお、おまたせ、甚夜。準備はできた？」

突然店の引き戸が開き、驚いた兼臣がぴんと背筋を伸ばした。

「秋津様……」

「こんばんは、今日は僕も一緒に行かせてもらうで」

染吾郎のおかげで、多少なりとも重く沈んでいた空気は払拭された。

突然の来訪に思考が追い付いていないのか、兼臣が助けを求めるようにこちらを見た。もっとも甚夜にとって染吾郎の参加は不本意なものだった。

「すまない、押し切られた」

当初は甚夜一人で百鬼夜行に挑むつもりだったのだが、以前に後《おく》れをとったと知った染吾郎が「僕が手伝ったるわ」と言い出した。何度も拒否はしたのだが聞く耳を持たず、なし崩し的に同道を認めさせられたのだ。

「そう言いなや。百鬼夜行の相手するんや、手数は多い方がええやろ？」

「だが、な」

手が欲しいのは事実であり、退魔としての実力の方も折り紙付きだ。それでも染吾郎の申し出は手放しに喜べるものではなかった。

「僕が行くの反対してるくせに待ってるあたり、君は律儀やなぁ」

「置いて行けば勝手に来るだろう」

「お、よう分かってんな」

いい加減付き合いも長いのだ、その程度は読める。指摘を軽く流して悪びれず笑うのも予想通り、暖簾《のれん》に腕押しとは正にこのことだ。改めて真剣に染吾郎へ向き直る。

「もう一度言おう。止めておけ」

甚夜は兼臣が百鬼夜行に立ち向かうのを止めない。本音を言えば一人で片付けたいが、そもそもこれは兼臣の我を通すための戦いである。地縛との初戦は、兼臣を庇《かば》ったが故に敗北した。轍《てつ》を踏む危険があろうとも、助力しているだけの甚夜に止める権利はない。彼女を守りながら戦うことにより勝率が下がり、二人とも危機に晒される可能性があるとしてもそこは別問題だ。合理のために兼臣の矜持《きょうじ》を曲げさせるなどできるはずがなかった。

だが、染吾郎の場合は前提が違う。本来彼は無関係なのだ。

「聞かれへんなぁ……君、僕が死ぬかも、とか思ってるやろ？」

図星を指され、甚夜は口を噤《つぐ》んだ。染吾郎は既に五十近い老体だ。年齢を重ねれば技は練れるが、肉体の衰えは誤魔化せない。今の彼がどの程度戦えるのか、今一つ判断がつかないのだ。善意で手伝うと言ってくれているからこそ、必要のない戦いで命を落とすような結果になって欲しくないと思う。染吾郎を拒否するのは、ひとえに彼の身を案じてのことだった。

「あはは、心配してくれるんはありがたいけどな。せやけど人はしぶといで。僕もそうそう死なへん」

彼はいつの間にか静かに笑うようになった。若い時に見せていた張り付けた表情ではなく、心からのものだった。

「人は鬼ほど強くはないし、長く生きることはできひん。そやけど僕らは不滅や」

堂々とした物言いは穏やかなのに力強い。しかし染吾郎には悪いが、その意見をうまく飲み込むことができなかった。人は脆《もろ》い生き物だ。体は容易く壊れ、些細な擦《す》れ違いで心は移ろいゆく。変わらないものなんてない。長くを生きる鬼にとって、人のあり方はとてもではないが不滅とは言い難かった。

「お、その顔、そうは思えんって感じやな。ほんならええよ。僕が人のしぶとさを証明したるわ」

その反応は予想済みとでも言うように染吾郎は肩を竦《すく》めた。そして、くるりと背中を向けたかと思えば、淀みない歩みで外へ出る。

「ほな、さっさといこか？　あんま気ぃ遣わんといて。手伝うのは善意だけっちゅうわけちゃうしな」

薄く目を細め、どこか曖昧に苦笑して見せる。だが、それも一瞬だけ。瞬きの間に普段通りの飄々《ひょうひょう》とした態度に戻っていた。真意は読み取れず、すっきりしないまま話は終わってしまった。

「葛野様、よいのでしょうか」

「奴にも思うところがあるのだろう。どの道、無理にでもついてくる。手伝ってくれるというのなら、それでよしとするしかあるまい」

「そう、ですね」

言って聞く男でもない。まだ引っ掛かりはあるが、とりあえずは納得しておくのが無難だ。意識を切り替え先に出るよう促せば、兼臣は一瞬目を閉じて静かに頷く。再び瞼《まぶた》を開いた時には、わずかな戸惑いは消えていた。

甚夜もゆっくりと呼吸を整えて、気を引き締め直す。意識を切り替えて一歩進もうとした時、か細い声に呼び止められた。

「父様」

振り返ると野茉莉が不安そうな顔で立っていた。

「すまない、起こしたか」

「ううん。どこか、行くの？」

かすかに声が揺れる。容姿は大人びたのに、頼りない響きはまだ幼かった頃を思い起こさせる。

「こちらの用事だ」

甚夜は無表情のまま夜来の柄頭《つかがしら》をぽんと叩く。その仕種《しぐさ》に、野茉莉はなにかを堪えるように俯いた。寂しさと悲痛がないまぜになったような、ひどく複雑な表情だった。

「寝ていてくれ。すぐに帰ってくる」

「分かってる。どうせ、私が何言っても行くんだよね？」

何気ない言葉が突き刺さるのは紛れもない事実だからだ。どれだけ娘を愛そうと、胸を焦がす憎悪は捨てられない。そういう父を、この子はどう思っているのだろうか。おずおずと顔を上げた野茉莉の瞳は潤んでいる。それが答えに思えて、甚夜は胸を締め付けられた。

「野茉莉」

「ごめんなさい。私、ひどいこと言った」

悪意はなかった。野茉莉は自分の言葉に傷付いてしまうくらい優しい、父親想いのいい子だ。泣きそうになっている娘を見るのは、鬼と戦って傷を負うよりも余程辛い。この子にはそんな顔をして欲しくなくて、慰めようと手を伸ばす。

「あ……」

けれど届かない。頭を撫でようとしたが、野茉莉は一歩後ろに下がっていた。

「ごめん、なさい」

「いや……」

余計に泣きそうな娘の表情が辛くて、しかしどうすればいいのか分からず固まってしまう。しばらく沈黙が続き、それを取り払うように野茉莉はぎこちない笑みを浮かべた。引き攣《つ》っていて、泣くのを我慢しているようにしか見えなかった。

「行ってらっしゃいませ、父様」

押し殺した感情がそこにあるのを見抜けないほど鈍くはない。それでも愛娘は父を送り出そうとしてくれている。だから甚夜は平坦な声で返した。

「ああ、行ってくる」

互いに上滑りするような挨拶だ。触れ合えないまま甚夜は娘に背を向けて店を出た。
そう言えば、ずっと昔もこうやって誰かを待たせていたような気がする。
今はもう、あの頃の気持ちは思い出せないけれど。

3

今は昔、一条桟敷屋《さじきや》にある男とまりて、傾城《けいせい》と臥《ふ》したりけるに、夜中ばかりに風吹き雨降りてすさまじかりけるに、大路に諸行無常と詠じて過ぐる者あり、何ものならんと思いてふしど少し押し開けて見ければ長《たけ》は軒と等しき馬の顔なる鬼なりけり。おそろしさにふしどをかけて奥に入りたれば、この鬼、格子押し開けて顔を差し入れてよく御覧じつるな御覧じつるなと申しければ、太刀を抜きて入らば斬らんと構えて女をそばに置きて待ちけるに、よくよく御覧ぜよと言いていにけり。百鬼夜行にてあるやらんと、おそろしかりける。

『宇治拾遺物語』より

そもそも百鬼夜行という話は古く、決して珍しいものではない。深夜に練り歩く鬼や妖怪の集団は、説話だけでなく絵巻物の題材として取り扱われることも多い。絵巻物で著名なものをあげるとするならば、やはり真珠庵本《しんじゅあんぼん》だろう。室町時代の絵巻で付喪神が夜毎練り歩くさまを描いた作品である。

しかし近頃噂になっているものは、そういう真っ当な百鬼夜行ではない。百鬼夜行の主は鎖を操る鬼女だという。その正体が地縛ならば、裏にマガツメがいることは疑いようがなかった。

本音を言えば甚夜は自分だけで片を付けたかった。もしも発端が兼臣の依頼でなければ、誰にも話さず百鬼夜行に挑んでいたはずだ。もっともそれに納得するような連中ではなく、こうして足並みを揃えて動く羽目になった。

「染吾郎、この辺りで間違いないのか？」

「うん、一条周辺が怪しいって話やね」

百鬼夜行の目撃談は一条通に集中していた。

平安末期の『今昔物語』では、大晦日の夜に一条堀川の橋を渡っていた侍が、灯を持った鬼の集団に出会ったという。『宇治拾遺物語』には、一条大路の建物に泊まった男が、真夜中に馬の顔をした大きな鬼と出くわす話がある。室町時代の『付喪神記』では、捨てられた器物が恨みを抱え、人に復讐を果たすため鬼となって一条大路を練り歩いたとされる。魔都と名高い京都ではあるが、一条ほど百鬼夜行が似合う場所も中々ないだろう。

静かの夜。辺りを見回せど人の気配も鬼の影も見当たらない。ひゅるりと夜の風が抜け、砂埃が舞う。そんな些細な音さえ響くほどに、一条通は静まり返っている。

半刻ほど過ぎた頃か。周囲を警戒してかすかな緊張が続く中、兼臣がおずおずと染吾郎へ声を掛けた。

「あの、秋津様。すみません、私事に巻き込んでしまって」

「ええてええて。さっきも言うたけど、善意だけゆうわけちゃうしな」

染吾郎は軽く手を振り、何でもないことだと示してみせる。

彼の気性を考えれば、迷惑と思っていないのは本当だろう。しかし正式に依頼されて金ももらった甚夜はともかく、染吾郎は本来なら命を張る必要がない。そのせいか余計に兼臣は縮こまっていた。

「ほんまに気にせんでええよ。和紗のこと、僕は何もしてやれへんかったからなぁ。罪滅ぼししやと思っといて」

頬を掻きながら曖昧に笑う声には、自嘲の色が滲んでいる。普段とは違う空気に、憂慮が払拭されたわけではないだろうが、兼臣はもう一度謝罪を口にして引き下がった。二人には、南雲和紗という名前はそれだけ重いのだ。

「和紗……妖刀使いの南雲、だったか」

「そ。南雲と勾玉《まがたま》の久賀見《くかみ》あたりは、退魔の家系の中でも有名な方やね。和紗とは何度か肩を並べて戦ったなぁ。あの頃はまだ僕も若かったし、もうちょい無理ができたんやけど」

懐かしむ、というには寂寞《せきばく》が強過ぎる。和紗の死は染吾郎にとっても深い傷だったらしい。

「せやけど結局、しばらく会わんうちにあの子は鬼にやられて……多分僕は、後悔してるんやろな」

もっと上手くやれていたら、違う今があったのではないか。考えてもどうにもならないと分かっている。それでも過ぎ去ってしまったいつかを忘れるというのは難しい。

「せやから、少しは力になったろう思てな」

いつだって後悔は付きまとう。染吾郎はそれを放置したくなかった。だから傍目《はため》には意味のない行為に見えたとしても、自らが納得するために百鬼夜行へ立ち向かうと決めたのだろう。

その決意に気付かず勝手な考えを押し付け、彼を戦いから遠ざけようとしてしまった。途端に申しわけなくなり、甚夜は小さく頭を下げた。

「そうか。お前にも戦う理由はあったのだな」

「そない大袈裟な話でもないんやけどな」

染吾郎は飄々《ひょうひょう》と謝罪を受け入れ、話はこれで終わりと言うように手をひらひらと振っていた。

わだかまりが一つ解けた。その代わりに、多少なりとも彼らの過去を聞いた後だからこそ疑問が浮かんだ。

「兼臣。聞きたいことがある」

「なんでしょうか？」

「お前の話も染吾郎の話も、何かが引っ掛かっていた。その理由がようやく分かった。初めて会った時、南雲和紗は十二だと言ったな」

「ええ、そうですが」

「それはいつの話だ？」

どう考えても計算が合わない。向日葵《ひまわり》は明治五年（１８７２年）の頃、八歳だと言っていた。染吾郎が三十代だったという話を加味すれば、南雲和紗が殺された時期は江戸末期から明治の初め頃だろう。しかし初めて会った時の兼臣は、どう見ても十七か十八歳だった。南雲和紗の指南役だったにしては若すぎるのだ。

「それは」

「もっとも、お前の容姿をそのまま答えにしてもいいのだがな」

　同居人とはいえ、お互い踏み込まずここまで来た。だから今まで指摘してこなかった。兼臣の容姿は出会った頃からほとんど変わっておらず、全くと言っていいほど老《ふ》けていない。彼女が鬼ならば、単に実年齢と外見年齢がそぐわなくても不思議ではなく、甚夜の疑問も解消される。

　一つの可能性として考えていたが、それは当の本人が首を横に振って否定した。

「私は、鬼ではありません」

「ならば」

「いずれ。いいえ、地縛を捕えた時に話したいと思います。ですから今は」

　思った以上に頑《かたく》なだ。問い詰めたところで意味はなさそうだった。

「分かった。それでいい」

「ありがとうございます。全てが終われば、必ず」

　この件を解決する理由が増えたと思えばいい。そう自分を納得させ、甚夜は宵闇を睨み付ける。

「なんや、そろそろか？」

「どうやらそのようだ」

　時期を見計らったように夜の気配が変わった。

ぬるまった風が流れ、紛れて息が聞こえる。折り重なる呻き、雑踏の音。ぼう、と宵闇に浮かび上がる影。その数は次第に増え、通りを埋め尽くさんばかりの群れとなる。星の瞬きに照らされたその姿は全てが異形《いぎょう》だ。七尺を上回る巨躯《きょく》や童ほどの小さな化生《けしょう》。体の一部が欠け、まともに歩けず這いずる者もいる。各々《おのおの》特徴は違うが、それは一様に鬼と呼ばれる。

百鬼夜行。

伝承に語られる不吉なあやかしの群れがそこにはあった。

「なあ、明らかにこっち見てるんやけど」

数え切れぬほどの鬼の目は、甚夜達を捉えている。唸り声が地を揺らす。いつ襲い掛かってきてもおかしくないほどに奴らの気勢は高まっていた。

「信心が足りなかったか」

「君、冗談下手やな」

百鬼夜行の説話は読経や神仏の札などで難を逃れた話が多く、一般的には怪奇譚《たん》というよりも仏の功徳《くどく》を説く話である。だから冗談めかして言ってみれば、染吾郎が呆れたように半目でこちらを見てくる。我ながら似合わないことをしてしまったと甚夜は咳払いをした。

「随分と、懐かしい顔だこと」

唐突に声をかけられて、弛緩《しかん》しかけた空気が再度ぴんと張りつめた。

抜刀して脇構えを取り、鬼どもを睨み付ける。声は懐かしいものだったが感慨は湧かない。だとしても会いたかったのは事実だ。異形の群れの中に若い女がいる。兼臣と寸分たがわぬ顔を持った羽織姿の鬼女は濁った赤い瞳でこちらを捉えると、にたりと口の端を吊り上げた。

「お久しぶり」

「地縛。ようやく、会えました」

「本当にしつこい。執念深い女は殿方に嫌われるのでは?」

兼臣の体が小刻みに揺れる。恐怖ではなく、込み上げる感情を抑えられていないのだ。対して地縛はゆったりと余裕を見せつける。話しながら左足をわずかに引き、袴に隠しながら後ろへ体重をかける。突発的な状況でもすぐ動き出せるよう自然に体勢を整えた。五年の間に地縛も成長したということだろう。

「おじさまも、元気そうね」

「その呼び方は止めて欲しいものだ」

「向日葵姉さんには許しているのに? そう言えば娘には甘いって聞いたし。もしかして、源氏の君にでも憧れているのかしら」

人差し指を唇に当て、小首を傾げる。地縛は相変わらずそこいらにいる娘子のようだ。個人的には、敵はもう少し分かり易い醜悪さを持っていてくれると嬉しい。その方が斬り易いからだ。

「娘に甘いのは否定せんがな」

「あら、案外冷静ね。もっと怒るかと思ったけど」

「浅い挑発に乗ってやれるほど若くもない。それに、幼子の背伸びというのは見ていて微笑ましい。怒りなど沸かんさ」

地縛に動揺はない。以前ならば、小娘扱いされたことに怒りを露《あら》わにしただろう。しかし今では会話をしながらもこちらの一挙手一投足を警戒し、決して視線を外そうとはしない。

「おじさま、野茉莉ちゃんには相変わらずですね。なにか癪《しゃく》です」

次に現れたのは、不満気に頬を膨らませる女童だ。マガツメの長女である向日葵は、八尺を超える一際巨大な鬼の肩に腰を下ろしている。柔らかく波打った栗色の髪をそっと指先に絡ませ、大きな瞳でこちらを見下ろす。敵意ではなく拗《す》ねているような仕種だった。

「姉妹揃ってご苦労だな。マガツメは何を企んでいる」

「企むなんて。母は昔からの願いを叶えようとしているだけ。だから私達は、その手助けをしたいのです」

言葉面は綺麗だが、マガツメのやり様は随分と悪辣《あくらつ》だ。地縛に人を狩らせ、直次《なおつぐ》を鬼に変え、死体を集めて鬼の群れを造り上げた。願いとやらが何かは分からないが、およそ真っ当なものではあるまい。

「どうしましょうか？」

鬼の群れを前に、緊張からか兼臣はごくりと唾を飲み込む。しかし、甚夜にも染吾郎にも気負いはなかった。

「どうするもなにも、まずは雑魚《ざこ》を蹴散らさな話にならん。痺れ切らして地縛が出て来てくれたら御の字やな」

「確かに、取れる手はその程度か」

地縛との距離は遠くないが、阻むように無数の鬼がにじり寄ってくる。まずは、あれをどうにかしないと近付くことさえままならない。

「向日葵、地縛。お前達がここで何をやっていたのかは問わん。だが、お相手を願おうか」

やるべきことは一つ。甚夜は左手を鬼へとかざし、染吾郎は懐に手を入れた。突き付けた言葉には殺気が混じり、しかし姉妹はそれを平然と受け止める。

「勿論です」

「ええ、おじさまの願いなら断れないわね」

地縛は挑発的に口元を歪め、視線を鋭く変えた。それが合図となり、多種多様な鬼の群れが雪崩のように迫る。魍魎《もうりょう》の怨嗟《えんさ》に空気が歪んだように錯覚してしまう。それでも冷静に、まずは先手を取る。

「来い、〈犬神《いぬがみ》〉」

「いきぃ、かみつばめ」

黒い影は三匹の犬となり、空を往く燕《つばめ》は刃となって鬼共に襲い掛かった。前列にいる鬼はそれだけで絶命する。所詮は有象無象《うぞうむぞう》だ、群れを成したところでさほどの脅威ではない。

「兼臣、お前は自衛に努めろ」

「しかしっ」

激昂《げっこう》したように叫ぶ兼臣を、染吾郎がやんわりと言い聞かせる。

「雑魚は僕らに任しときぃ。君は、大物を相手にせなあかんのやから」

地縛を斬るのは兼臣でなくてはならない。ならば、ここで無駄な体力を使わせるわけにはいかない。元より実力では地縛に劣る。彼女が地縛を討てるようお膳立てをするのが甚夜達の役目だ。

「分かり、ました」

渋々ながらも納得した兼臣が抜刀して構えを取る。その態度に安堵し、甚夜は再び鬼の群れを睨み付けた。

「地縛の力は鎖を操り、相手の行動を縛る。鎖には注意しろ」

「ありがとさん。ほないこか？」

駆け出すと共に、数匹の燕が空を舞う。

前回のような無様は晒す気はない。甚夜は強く奥歯を噛み締め、鬼共に斬り掛かった。

首を落とす。胴を薙《な》ぐ。袈裟懸《けさが》けに斬り捨て、心臓を貫き、唐竹《からたけ》に両断する。ひたすらに鬼の屍《しかばね》を積み重ねる。

数匹の異形が背後から迫る。だが、振り返る必要性さえ感じない。

「かみつばめ」

飛来する燕が鬼の体を貫き、屍が増えるだけだ。

百を超える鬼との戦いは甚夜達が優勢だった。相手は鬼とはいえ全て下位であり、時折膂力《りょりょく》に優れる者はいるがそれだけだ。過去の難敵と比べれば苦戦するような相手ではない。

討ちとった鬼が三十を超えたところで一度間合いを離し、甚夜と染吾郎は背中合わせに構えて周囲を警戒する。攻めあぐねているのか鬼もまた様子を観察しており、できた空白の時間に染吾郎はぽつりと呟いた。

「妙やな」

染吾郎も甚夜と同じ疑問を抱いているようだった。

「わざわざ造ったにしては弱すぎる、か？」

「なんや、君も気付いてたんか」

「一応はな」

地縛はマガツメの指示で人を狩っていると言い、直次は恩義ゆえに死体を作り集めていた。そして、ここで百鬼夜行に遭遇する。流れを踏まえれば、鬼が何からできているのかは容易に想像がつく。分からないのは百鬼夜行の弱さだ。正直、その実力は自然発生する下位の鬼にも劣る。手間をかけて作る必要性があるとは思えなかった。

「死体を集めてこんな役にも立たん雑魚造って意味あるんか？」

「弱いのは造り始めだから」

「理由としては今一つやな」

「ならば、そもそも戦いに使うものではなかった」

「それや。多分、造ること自体が目的やったんちゃうかな」

染吾郎はさらに鋭く鬼を見る。そこには、わずかな苛立ちがあった。人の命を弄《もてあそ》ぶ輩《やから》に対する、至極真っ当な嫌悪だった。

「ほんまに造りたかったんは別もんで、こいつらはその過程でできた失敗作みたいなもんなんやろ。案外、誰かに処分してもらおう思て百鬼夜行なんか組んだんかもしれんな」

「では死体を集め、鬼を生み、マガツメは最終的に何を造ろうとしていると思う？」

「うぅん、分からん。そこら辺は地縛に聞いた方がええやろ」

「道理だ」

話はいったん終わり、再び甚夜は鬼の群れへ駆け出す。

脇構えから横薙ぎ、一つ。返す刀で逆袈裟、二つ。

鬼も無抵抗ではない。数匹同時に飛び掛かり、しかし秋津の付喪神がそれらを食い止める。一瞬止まればそれで十分だ。三匹、四匹、五匹目の首が落ちる。振り返れば染吾郎に背後から襲い掛かろうとする鬼を見た。〈飛刃《ひじん》〉は使えない。ならばと愛刀を投擲《とうてき》すれば、六匹目、刃が頭蓋を貫く。

刀を手放したのを好機と見たのか、鬼が四方より押し寄せる。けれどひゅるりと燕が舞う。翻《ひるがえ》るかみつばめが鬼を切り刻み、甚夜が微動だにせずとも周囲には死骸の山ができた。

鬼に突き刺さった夜来を染吾郎が引き抜いて投げ返す。受け取った瞬間、体を回し七匹、八匹。

掠り傷一つ負うことなく百鬼夜行を淘汰していく。

「ほんと、人間離れしているわね。ああ、おじさまは人間じゃないけど。そっちの老人も普通じゃないわ」

鬼の数が半数ほどに減り、辺りは随分見やすくなってきた。地縛のところまであと少し。逃げる気もないようだ。以前ならばもっと動揺していただろうに、地縛は落ち着いている。逃げないのは慢心よりも確信だろう。目には相応の自信が宿っていた。

「ちょい待ち、なんで甚夜がおじさまで僕が老人なんや」

染吾郎がかすかに眉を顰める。老人呼ばわりが気に食わなかったのか不満そうな顔をしていた。

そういう噛み付かれ方は予想外だったらしく、地縛は若干困惑した様子だ。

「だっておじさまはおじさまでしょう？　貴方が老人なのも間違いない」

「いや、せやけども。なんか扱いが違わへん？」

「そりゃそうよ。おじさまと見ず知らずの他人じゃ、扱いが違って当然じゃない」

「正論やけど、なんや納得できひん」

染吾郎はぶつぶつ文句を垂れている。くだらない遣り取りを交わしながらも付喪神で幾体もの鬼を退けるあたりはさすがだが、余裕があるというかなんというか。

「何をふざけている」

「ふざけてへんわ。せやけど老人呼ばわりはひどいやろ。もうちょっとこう気遣い的なもんをやな」

「敵にそんなものを期待するな」

百鬼夜行を前にして空気が緩む。勿論警戒は怠っておらず、事実染吾郎は油断なく周囲を見回し、甚夜らの援護の傍らにも鬼を葬っていく。

決して手を抜いているわけではない。ただ彼の言動はどうにも真剣味が足らないように見えたようで、後ろに控えている兼臣は冷たい視線を送っていた。

「秋津様。お願いだから真面目にやってください」

「う……いや、ちょっと君の緊張をほぐしたろう思ただけやん」

ばつが悪いようで、染吾郎は頬の筋肉を引き攣《つ》らせていた。

兼臣にとっては主の仇だ。それと和やかに話されては苛立つのも無理はない。もっとも向日葵との接し方を考えれば、甚夜も人をどうこう言える立場ではない。飛び火されても困るので口は挟めず、救いを求める友人の視線は見なかったことにした。

「貴方達、面白いわねぇ」

「まさか、私も含まれているのか」

「当たり前でしょう、おじさま。向日葵姉さんも同じこと言うと思うわ」

三者の反応を眺めていた地縛は、戦いの場には似合わない楽しそうな笑みを浮かべた。憮然とした表情の甚夜が面白かったらしく地縛はさらに笑う。そうしてひとしきり笑い終えると、一転冷酷に兼臣を見据える。

「でもそろそろ貴女、目障りになって来たわ。決着をつけましょうか」

年齢にそぐわない妖しげな艶と匂い立つような殺気だ。地縛は鬼女としての本性を見せつける。

「なにを」

「悪い話じゃないでしょう？　主の仇と誰にも邪魔されず戦えるのだから」

兼臣の唯一の願いを地縛は的確に見抜いた。

「それとも怖い？　それならそれで別にいいわよ。単に貴女は主を守れず、仇を前にしても怯えて男に媚びて縋ることしかできない無様な女だったというだけだもの」

実力では及ばないと知っているはずだ。けれど彼女は一歩進んだ。

「挑発だ、乗るな」

「分かっています。ですが聞けません」

その言葉が全てだった。主を愚弄され、己が生き方を否定されて黙っていられるようならば、彼女はそもそもここには立っていなかった。

妖しく口の端を吊り上げる地縛は、鬼の群れへ紛れるように退く。追う兼臣を援護しようと甚夜と染吾郎が動くも、それを遮るように向日葵が手をかざした。

「させません」

空が陰ったのだと思った。けれど、すぐに間違いに気付く。現れた九尺はあろう巨大な鬼に星の光を遮られたのだ。向日葵を肩に乗せた大鬼が乱雑に拳を振るう。後ろに飛んで躱《かわ》したが足を止められた。

膂力、速度ともに今までの雑魚より一段も二段も上だ。立ち塞がる巨大な鬼を警戒して二人は構え直す。鬼の目は虚ろで意思を全く感じさせない。代わりにその肩の上では、相変わらず向日葵が無邪気に微笑んでいた。

「退け」

「できません。母が、兼臣に興味をもっていましたので。できれば欲しいんです」

向日葵の言葉は兼臣本人のことではなく、妖刀である夜刀守兼臣《やとのもりかねおみ》を指しているのだろう。百鬼夜行の噂を聞いた時は派手な真似だと侮《あなど》ったが、どうやら迂闊《うかつ》なのはこちらだったらしい。

「百鬼夜行は単なる囮《おとり》か」

「はい。地縛が表立って動けば兼臣さんは自分から飛び込んでくれますし、そうしたらおじさまも来てくれます。一石二鳥ですね」

マガツメの娘達にとって一連の騒動は釣り餌に過ぎなかったようだ。甚夜らは見事に釣り上げられ、目論見《もくろみ》通り分断された。

下手を打った。失態に甚夜は奥歯を強く噛み締めた。

「なんや、マガツメゆうのは甚夜のこと狙ってるんか？」

染吾郎は普段通りの飄々とした態度を崩さない。嵌《は》められたのは事実だが、焦るよりも意識を切り替えて探りを入れるつもりのようだ。

差し当たっては、何気なく向日葵が口にした言葉か。今の口振りでは夜刀守兼臣を求めるのはあくまでも向日葵らの気遣いであり、マガツメは甚夜を狙っているように聞こえた。

「はい、母はおじさまに執心していますから」

「ほぉ。その割に、君ら随分慕ってるやん」

あげつらうような言い方は相手の反応を期待してのことだろう。指摘を受けた向日葵には、ほんのわずかな戸惑いが見て取れる。いかにも困ったという風に狼狽《うろた》える様子は、とても演技だとは思えなかった。

「あの、先ほどから気になっていたのですけど。私達がおじさまと呼ぶのは、それほど変ですか？」

鬼女の奇妙な振る舞いに違和を感じつつも、同じ年頃の娘がいるせいか、甚夜は向けられた瞳に観念して素っ気なく答える。

「敵への態度としては相応しくはないな」

「それはそうかもしれないですけど」

否定してくれなかったことが不満なのだろう、向日葵は頬を膨らませる。拗《す》ねたような表情や幼い振る舞いは本当に普通の女童のようだ。しかし返ってきた言葉は、意識の外から甚夜の頭を殴り付けた。

「でも私達が、母のお兄様をおじさまと呼ぶのは当然でしょう？」

目の前が真っ白になり、思考は完全に止まった。

この子が何を言っているのか理解できない。一拍二拍置いて、ようやく頭が動き始める。以前、人を鬼に変える酒を造った鬼女がいたのに、なぜ今回の件と繋げて考えられなかったのか。

「そうか、マガツメ……だから禍津女か」

神道には禍津日神《まがつひのかみ》と呼ばれる神が存在する。禍《マガ》は災厄、津《ツ》は「の」、日《ヒ》は神霊を意味する。つまり、マガツヒは災厄の神という意味を持つ。ならば禍津女は災厄の女だ。

甚夜はそう呼ばれるべき存在を、長い歳月を越え全ての人を滅ぼす災厄となり果てる女を知っている。

「なるほど。確かに、おじさまという呼び方は正しい」

大人しくしているかと思えば、陰でこそこそ動いていたらしい。

ゆきのなごりを造り、地縛に人を狩らせ、直次を鬼に変え、さらには百鬼夜行を生み出した。つまり全ての元凶は、

「でしょう、甚太《じんた》伯父様？」

お前なんだな、鈴音《すずね》。

4

「ここで、いいかしら」

地縛を追いかけて兼臣が辿り着いたのは、堀川にかかる一条戻橋《いちじょうもどりばし》である。

夜の闇は深く喧騒は遠く。抜ける風の生ぬるさにぞわりと肌が粟立《あわだ》つ。

兼臣は仇敵を睨み付ける。以前、五条大橋の上で対峙した時には、甚夜が矢面に立ってくれた。状況はさらに不利だが、逃げる気も逃がす気もなかった。

「私は、許せない。和紗様を奪ったお前を」

『平家物語』剣巻《つるぎのまき》には、次のような話がある。

摂津源氏にあたる源《みなもとの》頼光《よりみつ》の頼光四天王筆頭、渡辺綱《わたなべのつな》が夜中に一条戻橋のたもとを通りかかると、美しい女性がおり、夜も更けて恐ろしいので家まで送って欲しいと頼まれた。渡辺綱はこんな夜中に女が一人でいるとは怪しいと思いながらも、それを引き受けて馬に乗せた。すると女はたちまち鬼に姿を変え、彼の髪をつかんで愛宕山《あたごやま》の方向へ飛んで行ったが、鬼の腕を太刀で斬り落とすことにより、どうにか逃げられたという。

ここは、かつて剣豪が鬼の腕を斬り落とした橋だ。あやかろうと考えるのは勝手が過ぎるだろうか。伝説に語られる剣豪には遠く及ばないが、せめて腕の一本も奪わなければ、かつての主に申しわけが立たない。

「あらあら、でも、守れなかったのは貴女でしょう？」

命の遣り取りをしているのだ。返り討ちにあったからといって、相手を憎む方がおかしい。今さら恨みつらみを口にするならば、そもそもしっかりと守ればよかったのだ。

けれど、できなかった。

彼女の刀だった。そうありたいと願っていた。なのに守れず仇も討てず、無為に歳月は流れ、刀も復讐も認められない時代になった。今となっては、間違っているのは兼臣だ。復讐を語る彼女こそが罪深いのだと、訪れた明治の世が語る。

「ええ、その通りです。だからこそ今ここで、和紗様の魂を取り戻す」

それでも、曲げられないものがあった。地縛に奪われた主の魂。そのままにしておくなど認められなかった。

「できると思うの？」

嘲《あざけ》りを含んだ瞳に激昂しそうになるが、どうにかそれを抑え正眼に構える。

「そのための刀です」

新時代に信念を穢《けが》されても、これだけは捨てられなかった。

◆

「父と呼ばれ今度は伯父か。私も歳を取ったものだ」

蒸し暑い夏の夜だというのに心のどこかが凍る。突き付けられた真実に痛みを覚えたが、動揺して狼狽するには歳を取り過ぎた。甚夜は大鬼の肩に座る向日葵を見据え、平坦な声で言う。

「だが間違えるな。私の名は甚夜だ」

夜来を託され「夜」の名を継いだ。間違えた生き方にこだわった無様な男の名だとしても、道行きの途中で拾ってきたものは決して間違いではなかった。甚夜としてあれたことには誇りもあった。

「ですが、母は甚太と言っていましたよ」

鈴音にとっては、まだ甚太なのだろう。鬼神になろうとするあの娘は、それでも兄を求めている。その事実を知っても湧き上がる感情は憎悪だった。感情ではなく、鬼に堕《お》ちた体が呼吸をするように鈴音を憎む。それをひどく悲しいとも思ってしまう。

「まあいい、問答をしている時間もない。悪いが押し通らせてもらうぞ」

過った感傷を切り捨て、甚夜はそっと腰を落とした。

急がなければ後味の悪い結末になる。鬼の群れは往く手を阻むようにひしめいていた。兼臣の後を追うには、立ち塞がる大鬼を斬り伏せなくてはいけない。

「この子は手強いですよ？　成功例とまでは言いませんが、それなりに上手くいきましたから」

「ほな、僕が相手しよか？」

わずかな緊張さえ感じ取れない気の抜けた物言いで、甚夜を庇うように染吾郎が前へ出た。懐から以前も見た短剣を取り出し、にやりと不敵に口の端を吊り上げる。侮《あなど》りではない。軽い語調とは裏腹に彼の背中からは息を呑むほどの気迫が感じられた。

「染吾郎」

「こっちは僕がやるから、雑魚の方任せるわ」

「しかし」

「正直、大勢相手するんは苦手やしね」

染吾郎の態度には随分と余裕がある。年老いたが秋津の三代目だ。無謀な突撃を仕掛けるほど浅慮ではなく、実力を読み違えるような愚鈍でもない。その彼が言葉にせずとも語っている。まかり間違っても敗北などあり得ない。そこには絶対の自信があった。

「堪《こら》え性のないあほを追わなあかんし、あんま時間もないやろ。体術に優れた君が多勢を、僕がこいつをやる。多分、それが一番はよ済む」

口にした理由はおそらく嘘でも誤魔化しでもないが、それだけではないだろう。甚夜に姪《めい》である向日葵とは戦わせたくないという配慮が根本だ。甚夜の正体が鬼だと分かっていながら人間的な気遣いを忘れない。秋津染吾郎は、そういう男だった。

「それでは貴方がお相手をしてくださるのですか？」

向日葵は意外そうな顔をしていた。しかしすぐに切り替えて、染吾郎に標的を合わせた。

「せやね。すまんな、大好きなおじさまやなくて」

「否定はしませんけど、そういう言い方をされると照れますね」

冗談の掛け合いに見えて、互いに間合いを調節している。既に戦いは始まっていた。

「……すまない」

甚夜は目を伏せた。

染吾郎の気遣いはありがたいが、同時に申しわけなくもある。あまり無茶をさせたくないとも思う。それでもこの友人は、当たり前のように体を張ろうとしてくれた。その心を無駄にはしたくなかった。

「気にせんでええ。周りは頼むで？」

「ああ、余計な手出しはさせん」

頷き合い、それぞれの敵と相対する。

甚夜は迷いなく鬼の群れへと向かう。苦境ではあるが、何も気にせず前へ進めるというのは滅多にない感覚だった。

◆

染吾郎は鬼に挑む甚夜の背中を見送った。一呼吸おいて大鬼を見据え、手にした短剣を突き付ける。

「もしかして、その短剣で戦うつもりなのですか？」

向日葵は不思議そうにきょとんとしている。染吾郎の体格を見れば武術を身につけていないのは明白だ。それが剣を取り出して鬼に立ち向かおうというのだから、舐められているとでも思ったのだろう。

「せや。そんな木偶《でく》の坊にはもったいないけどな」

「木偶の坊、ですか。先程も言いましたけど、この子強いですよ？　それに貴方が剣で戦えるとも思えませんし」

「あはは、あほなこといいなや。付喪神使いが剣で戦うわけないやろ」

これから見せるのは付喪神使いの全力だ。

以前は、甚夜の目があるところでは見せなかった。慣れ合っていても相手は鬼、いずれは争うことになるかもしれない。そう思えば自身の奥の手を晒す気にはなれなかったのだ。しかし、それなりに付き合いも長くなった。今さら甚夜を警戒する必要は感じない。だから堂々と全霊で挑める。武器として役に立たない短剣は、染吾郎の持ち得る最高の戦力である。

「ほないくで、お嬢ちゃん」

かつて唐の皇帝玄宗は瘧《おこり》にかかり床に伏せた。玄宗は高熱の中で自身を苛《さいな》む悪鬼と、それを駆逐する大鬼の夢を見る。彼は自身を救ってくれた大鬼を神として定め、疫病除けの神として祀《まつ》った。この話は日本へと伝わり、鬼を払うという逸話から端午《たんご》の節句に彼を模した人形を飾る風習が生まれたという。

染吾郎が持つ短剣は五月人形の付属品だ。そして、件《くだん》の大鬼をかたどった人形から具象化される付喪神は、

「おいでやす、鍾馗様《しょうき》」

鍾馗。厄病を払い、鬼を討つ鬼神である。

「あれは」

鬼の群れを相手取る甚夜が、現れた髭面《ひげづら》の大鬼の気配に息を吞んだのが分かった。

鍾馗はそれほどに強力な付喪神だ。数多《あまた》の鬼を討ち滅ぼしてきた、三代目秋津染吾郎の自信の正体である。

「すごいです」

向日葵の口から零れたのは素直な称賛だった。あの娘にも鍾馗の放つ圧倒的な力は感じられたようだ。反応に気を良くした染吾郎はからからと笑い、一転表情を引き締めて静かに構える。

「せやろ？　ほんなら、さっさと終わらせよか」

「ええ、それはこちらも同じ気持ちですね」

向日葵に動揺はない。だが警戒はしたのだろう。軽やかに大鬼の肩から飛び降り、その足が地面に着くと同時に大鬼が突進する。

土埃が舞う。地響きを連想させる咆哮《ほうこう》と共に大鬼が迫る。無造作な進軍に空気が唸りを上げた。重量と筋力に裏打ちされた突撃。繰り出される拳もまた、相応の威力を秘めているに違いない。人の身など容易く貫くであろう拳を前にしても、染吾郎に怯えはない。

「鍾馗様に特殊な能力はあらへん。その代わり」

一瞬で間合いが詰まり、突如として鬼の腕が霞んだ。そう思わせるほどに、突き出された拳は尋常ではない速度を誇る。風を裂き、中空を抉《えぐ》りとるような一撃が鍾馗を正確に捉えた。夜が軋《きし》むほどの轟音だった。振るわれた剛腕の威力は推して知るべしというものだ。しかし鍾馗は微動だにしない。

「桁外れに強いで」

剣を盾に鬼の拳撃を軽く防ぎ、そのまま上にかちあげる。そこにはなんのからくりもない。技巧ではなく特殊な能力ではなく、ごく単純な膂力によって鍾馗は大鬼の腕を払い除けたのだ。髭面の付喪神は体を捻《ひね》り、力を溜めるように一度ぴたりと止める。

「終《しま》いや」

鍾馗は引き絞られた弦だった。それが染吾郎の合図で放たれる。反動で打ち出されたのは矢ではなく剣、命を穿《うが》つ紫電の刺突だ。

音はなかった。ただ鬼の腹に文字通り風穴を開けた。肉を削《そ》ぎ、臓物を抉り取る。遅れて音が響くと同時に、そのまま力なく大鬼が両膝をつく。

ほんの一瞬で勝敗は決していた。

「どや、お嬢ちゃん、僕も結構やるやろ？」

左手で肩をとんとんと叩く。疲れはない。飛んでくる小蝿を払った、染吾郎の感覚はその程度のものだった。

向日葵は倒れた鬼をじっと見つめている。目に感情の色はなく、失望も敵に対する恐怖も感じさせない。しばらくして、ゆるゆると静かに女童は語り始めた。

「初めに、母は人を鬼に変えるお酒を造りました」

浮かんだのは、幼い容姿にはそぐわない柔らかい微笑みだ。染吾郎は眉を顰《ひそ》めるが、向日葵はそれを無視して淡々と見当外れとしか思えない話を進めていく。

「憎しみを植え付け、煽《あお》り淀ませる。それに相応しい死骸を使って造ったお酒です。ですが馴染み難い人がいましたし、おじさまが死骸を片付けてしまったから続けられませんでした」

ゆきのなごり。染吾郎もかかわった事件だ。思い返せば甚夜はあの事件の際、話の中に出てきた金髪の鬼女に異常なほどの敵意を向けていた。その裏にある因縁を想像できないほど染吾郎は鈍くなかった。

「次は人を攫《さら》って、直接体を弄って鬼に変えました。作っている途中で死んでしまうことも多く、方法としては今一つでした。だから今度は死体を使いました。正確には死者の魂、想念と言った方が分かり易いかもしれません。負の感情を寄せ集めて、無から生ずる鬼を人工的に……あれ、鬼工的？　ともかく、肉体に寄らない鬼の生成ですね。結果は良好、これほどたくさんの鬼ができました」

次いで百鬼夜行へと至る。

鬼の生まれ方は様々だ。鬼に犯された人が新たな鬼を宿す場合もあれば、鬼同士が子をなすこともある。なかには自然発生する鬼も存在する。しかしどの例でも変わらないのは、鬼が肉を持った想念であるという点だ。あやかしは良くも悪くも想いの具象化であり、だからこそ条理を覆す異能を行使できる。おぞましいことに、マガツメとやらは負の感情や魂を捻じ曲げ鬼に変える術を得たのだろう。

「ほんで、鬼を沢山造ってどないすんの？　それなりに上手くいった鬼でこの程度やったら造るだけ無駄やろ」

「いいえ。そもそも、鬼を造ることが目的ではありません。それはあくまで過程ですから」

緩やかな微笑みだ。敵意も邪気も感じさせない。向日葵の表情には一点の濁りもなかった。

「人が鬼に堕ちるのは、自分でもどうにもならないほどの想い故に。だから鬼を造る術は想いを操る術です。なら、それを突き詰めれば想いの根幹に辿り着くと思いませんか？」

言葉に耳を傾けすぎて、警戒心が緩んでいたのかも知れない。

「染吾郎っ！」

鬼共を斬り伏せながら叫ぶ甚夜の声が聞こえた。

疑問に思う暇はない。気が付けば先ほど討ちとったはずの鬼が立ち上がり、再度襲い掛かってくる。大鬼の体に鍾馗が開けた風穴はない。動きもまるで鈍っておらず、染吾郎を叩き潰そうと剛腕を振るう。

「なっ……！」

言い切るより早く鍾馗を操り、繰り出された拳、伸びきった腕を剣で斬り落とす。次は確実に葬る。狙うは心臓、一瞬で穿《うが》ち抉り取る。刺突で貫き、そのまま斬り上げる。血が肉片が飛び散る。手応えはあったが、警戒を緩めずに染吾郎は地に伏した死骸を睨む。心臓を穿ったのだ。無事で済むわけがない。なのに、鬼の体から白い蒸気が立ち昇ることはなかった。

「って、なんやこれ」

引き攣った笑みが漏れた。

鬼の傷が塞がっていく。草木のように生える血管、血が肉が蠢《うごめ》き増殖し、穿った心臓さえも復元される。腕も繋がり、びくびくと震えるだけだった鬼の体は動きを止め、顔を上げて光が灯った赤の目で染吾郎を射貫く。数十秒で、大鬼は何事もなかったように立ちあがって見せた。

「治癒、回復。それとも再生？　ううん、面白くないですね。何かいい名前はないでしょうか？」

向日葵は人差し指を唇に当て、小首を傾げ悩んでいる。その態度が妙に子供っぽく、やけに可愛らしく、それが逆に恐ろしく感じられる。

鬼とはいえ短時間であれだけの傷が完治するなどあり得ない。だとすれば、蘇生と見紛うほどの強力な再生能力こそが大鬼の異能なのか。向日葵は大鬼をかなり評価していた。つまり、これこそがマガツメの望みの一端なのだろう。求めたのは自由に異能を生み出す術だ。

「鬼の力は才能ではなく願望。心から望み、それでもなお叶えられへんかった願いへの執着が力となる。ははん、君の母親が作りたかったんは、鬼やなくて力の方か」

完治し終えた大鬼が、またも攻めに出る。染吾郎は繰り出された拳を鍾馗で防ぎ、鬼の右側へと回り込む。それをちゃんと理解できているのか、大鬼は薙ぎ払うように腕を振るってきた。

「お、っとぉ！」

それに合わせて鍾馗の一刀で鬼の腕を切断する。しかし、大鬼が腕を拾い上げて傷口を重ね合わせれば、すぐに傷が塞がった。かかった時間はわずか三秒。斬るのは容易、治るのも容易。同じことの繰り返しだ。

「ちょっと違いますね」

決して強くない相手だ。殴るか突進する、または腕を振り回す。大鬼はその程度の単純な攻撃しかしてこない。だから戦いながらも余裕はある。染吾郎は視線を鬼に固定したまま、向日葵の声に意識を向ける。

「母が造りたかったのは鬼でも力でもなく、心そのものです」

「心ぉ？」

悪辣な真似をして百鬼夜行を生んだ鬼女にしては、意外な物言いだった。

「心、ねえ。分からへんなぁ。そんなもん造ってなんになるんや？」

「さあ、それは母に聞いてみないと」

とぼけたような調子は、本当に知らないようにも隠しているようにも聞こえた。

「なら君は、訳も分からんことに手ぇ貸してんの？」

「分からなくても、母の望みです。叶えたいと思うのは変でしょうか？」

「はは、それもそうやな。いい娘さんもってマガツメも幸せやね」

褒められたのが嬉しかったのか、向日葵は綺麗な笑顔で「ありがとうございます」と返す。無邪気なようで頭は回るし、本音で接するが肝心なところは上手に隠す。見た目に反して中々に食えない。それに大鬼の方も想定以上に厄介だ。

ぐぉん、と空気が唸る。

近付いた巨躯を鍾馗の拳で殴り飛ばし、無理矢理間合いを作る。だが大鬼に堪《こた》えた様子はなく、傷も一瞬で完治してしまう。腕力があって動きが速く、多少の傷などものともしない。特殊な怪異ではないが単純に強い。もしもこれの頭数を揃えられるのだとしたら、正直あまり想像したくはなかった。

「せやけど、一匹ならどうとでもなるか」

染吾郎は大鬼へ鍾馗の短剣を突き付ける。口にしたのは強がりではない。敵の力量を知り、その上で飄々とした立ち振る舞いは崩れなかった。

「いろいろ聞かせてもろたね、ありがとさん。せやけど、僕らもあんま暇やなくてなぁ。そろそろ終わりにしよか」

「まだ続けるのですか？　この子の異能は理解したでしょう。人の身で打ち倒すのは難しいと思いますよ？」

おそらく向日葵は、この戦いを持久戦だと見ている。大鬼は傷付いてもすぐに治るが、染吾郎はそうはいかない。老齢から今は優勢でも体力にも限りがある。だから相手は戦えば戦うほど不利になる。彼女にとっては、果てにある結末は揺るぎないものだ。

「ま、確かに人は君ら鬼より遥かに脆い。せやけど人はしぶといで。そう簡単に諦めてはやれんなぁ」

しかし染吾郎の見ている結末は、向日葵のそれとは違う。あの程度の鬼、三代目秋津染吾郎を継いだ男に打ち破れないはずがないのだ。

「何か策でも？」

「あるわけないやろ？　さいぜんゆうたけど鍾馗様に特殊な能力はあらへん。当然、真正面から蹴散らすだけや」

にやりと意地悪く笑ってみせる。

散々繰り返したが、鍾馗に特別なことはできない。福良雀《ふくらすずめ》のような防御力の向上、犬神の再生能力、合貝《あわせがい》の蜃気楼。他の付喪神が皆特異な力を持つ中、鍾馗にだけはそういった付加能力はなかった。

かみつばめほど射程距離もなく、せいぜいが一間（約1・8メートル）程度。元も短剣でそれなりに重さがあり、正直なところ使い易いものではない。それでも鍾馗は三代目秋津染吾郎の奥の手だ。その意味を、まだまだ幼い鬼女に教えてやろう。

「ほないこか」

染吾郎は駆け出すが、疾走というほどの速度はない。それでも鍾馗を使役して鬼の攻撃を払い除けつつ距離を詰め、まずは脳天、唐竹に割る。両断される頭蓋、内に収められていたものが飛び散り、だというのに大鬼はいまだ蠢《うごめ》く。

「無駄です。頭を潰しても、この子は止まりませんよ」

染吾郎も止まる気はない。潰れた頭部が再生し始め、傷が塞がるより早く剣を叩き込む。唐竹横薙ぎ袈裟懸け逆袈裟斬り上げ、粉微塵になるまでひたすらに斬り付け、流れるように首を落とす。

「だから無駄」

「黙っとれ！」

一喝し、なおも手は休めない。

鬼の腕は離れた頭部を探すように伸ばされる。拾い上げようとしているのだろう。

だがさせない、触れるより早くその腕を落とす。返す刀、歩こうとする足を落とす。倒れる暇も与えない。崩れるより早く心臓を穿つ。

胸を斬る。腹を裂く。肉を抉り骨を砕く。剣で斬り、拳で貫き、全身ありとあらゆる場所を斬り刻み打ち据える。鮮血が舞うでは生ぬるい、飛び散る鬼の血はまるで霧のようだ。

向日葵にとって、この戦いは染吾郎の体力が尽きるまで待つ、それだけで勝利を得られるものだったのかもしれない。一方、染吾郎にとってのこの戦いは速度勝負だ。相手が再生するよりも早く、完全に殺しきる。だから止まらない。真正面から何の策もなく、奇をてらうような真似はせず、颶風《ぐふう》の如く染吾郎は攻め立てる。鬼の体は再生しているが、それを超える速度で削り取られていく。夜を背景に血の霧は濃くなり、少しずつ白い霧も交じっていく。

「そんな」

向日葵の驚愕が見て取れた。

反応はしない。そんな暇があるならば斬り殴る。白色は霧ではなく蒸気だ。鬼がその体を保てなくなってきているのだ。ここが勝機。颶風はさらに勢いを増す。

「これで、ほんまに終いや」

最後の一太刀ではなく最後の幾太刀。斬る断つ突く裂く削る貫く抉る穿つ。視認することさえ難しい速度で、数えきれないほどの剣閃が鬼を斬り刻む。

鬼は既に原形を保っていない。人であったのか鬼であったのかも判別ができないほどの細切れになり、地面には血と肉片だけが残っていた。立ち昇る白い蒸気と赤い霧、むせ返るほどの鉄錆の香が漂う。

「やっぱ、ただの木偶の坊やったな」

その中心にいる秋津染吾郎は血に塗《まみ》れた凄惨な姿で、いつものようにからからと笑って見せる。

一分の隙もない、完全な勝利だった。

◆

「お、そっちも終わった？」

「ああ、所詮は雑魚だ」

互いの敵を打ち取った後も、警戒は怠らない。

甚夜はちらと地面を見た。肉は溶けたが飛び散った鬼の血はまだ残っている。秋津の付喪神の有用性は知っていたつもりだが、中でも鍾馗の力は図抜けている。その凄まじさは大鬼の末路によく表れていた。

「やり過ぎてしもたかな？」

「構わんだろう」

鬼はもう見当たらない。百鬼夜行は一晩のうちに壊滅し、残されたのは向日葵と地縛のみだ。

「って、お嬢ちゃんは。あらま、あんなとこに」

向日葵は距離をとってこちらの様子を窺っている。染吾郎の言う通り、いつでも逃げ出せるよう退路も確保済みのようだ。

「まさか、ここまで一方的にやられるなんて。さすがおじさまです。それに、秋津さんも」

「で、君は逃げんの？」

「はい。時間は十分に稼げましたから」

向日葵は凄惨な光景を目にしても無邪気なままで微笑む。そういう少女を男二人で睨み付けているのだ、これではどちらが悪役か分かったものではない。しかし、あれは鈴音の娘だ。多少痛めつけてでも居場所を吐かせるべきか。

物騒な気配から内心を察したのか、染吾郎が小さく首を横に振った。

「やめときぃ」

甚夜は掛けられた冷静な声に自身を諫《いさ》める。もしもこの友人が止めてくれなければ向日葵の後を追っていたかもしれない。百鬼夜行にかなり手間取った。兼臣のことを考えれば、これ以上時間を無駄にするわけにもいかない。

「向日葵……鈴音は、マガツメは今どこにいる」

未練交じりで甚夜は向日葵に問いを投げかける。鈴音を止めるために生きてきた。置かれた状況は理解しているが、気にならないはずがなかった。

「それは答えられません。あ、でも。一つだけ言っておかないといけないことが」

向日葵は、先ほどまでの戦いを忘れたような穏やかさで優しく甚夜を見詰める。

「母は確かに私を生んでくださいました。ですが、父はいないのです」

「何を言っている」

「私も地縛も。私たち姉妹は、全て母の切り捨てた一部が鬼になった存在です。ですから母に夫はいません。そこのところだけは、おじさまにもちゃんと伝えておこうと思って」

意図が全く掴めない。戸惑いをよそに向日葵は軽い足取りでくるりと背中を向けた。そして首だけで振り返り、親愛を瞳に滲ませる。

「それではおじさま、また会いましょう。今度はゆっくりお喋りがしたいです」

鮮やかな夏の花のような笑顔だけ残して、向日葵は今度こそ去っていく。

少女の想いに偽りは欠片《かけら》もなく、だからこそ違和感は強い。何故鈴音の娘が、ああもまっすぐに愛情を示すのか。

「ようわからん娘やなぁ」

染吾郎も向日葵を測り兼ねているようで、腕を組んで考え込んでいた。

「ま、今はどうでもええか。甚夜、兼臣を追わんと」

答えの出ない疑問は後にまわして、現実の問題へ向き直る。今頃は地縛とやり合っているはずだ。急がねば取り返しのつかないことになってしまう。

「悪いけど先に行っといてくれるか？　僕じゃ君の足にはついていけへん」

「ならば行かせてもらう」

「うん、頼んだで」

付喪神使いは、術に長けていても鬼ほどの身体能力はない。それに染吾郎は随分と疲れている。申しわけないが、この場において行った方がいいだろう。

目指すは一条通の先、堀川にかかる一条戻橋。

胸の不安には気付かないふりをして、甚夜は暗い通りを走り始めた。

◆

一条戻橋での決闘は既に終わっていた。

勝負は時の運だという。実力差があったとしても、偶然が重なり合い運をものにした弱い者が勝つこともある。しかし勘違いしてはいけない。運を手繰《たぐ》り寄せるには、それ相応の積み重ねが必要だ。鍛錬を繰り返し、周到に策を巡らし、その上で運を手にしてこそ実力差を覆《くつがえ》せるのだ。だというのに、兼臣は今まで積み重ねてきたものを自分から捨ててしまった。

「やっぱり、こうなったわね」

この結末は初めから分かっていた。

「あ、あぁぅ……」

地縛はつまらないとでも言いたげに鼻で嗤《わら》う。

単独で戦いを挑んでしまった時点で勝敗は決定している。これは至極当然の流れだ。

刀を握り締めたまま、兼臣はぴくりとも動かない。

かつての主と同じように、兼臣は鎖に体を貫かれていた。

5

地縛は向日葵の妹で、彼女もまたマガツメが切り捨てた一部。必要がないと捨てた心の断片より生まれた鬼である。

マガツメの子供は、全て生まれながらにして異能を習得している。鬼の力とは才能ではなく願望。心からそれを望み、なおも理想に今一歩届かぬ願いの成就だ。生まれながらにそれを抱けるのは、そもそもが切り捨てた心、叶わなかった願いが形になった化生《けしょう》だからだ。その意味では〈地縛〉という力は地縛自身の想いではなく、マガツメの願いの一つだと言っていいだろう。

同じマガツメの娘であっても、彼女らには多少の差異がある。例えば、向日葵は誕生したその時から女童の姿をしていた。一方、生まれたばかりの地縛は今の姿のままではなく、顔も体ものっぺりとした、四肢を持っているだけの無貌の鬼だった。自我も極端に薄く、外界の刺激に反応するだけの彼女には明確な目的は与えられず、ただ漠然と町中に放り出されて「人を狩れ」とだけマガツメに命じられた。

「あなたを、討たせていただきます」

人を狩る怪異の討伐に駆り出されたのは、南雲和紗という娘だった。

高位の鬼は、ほとんどが強い自我を持っている。そこから零れ落ちる強い願いがなければ、異能を得ることはできない。だから意思を感じさせない鬼を前にして、和紗は油断した。痛みもないくらいに一瞬で終わらせてあげたい、そういう気持ちが彼女に隙を作ってしまった。

突如として現れる〝七本の鎖〟。

しなり、蠢き、牙を立てる。鎖は毒蛇のように襲い掛かった。

咄嗟のことに和紗も兼臣も何もできない。縦横無尽に振るわれた鎖が、ずぶりと嫌な音を立てて肉を貫く。断末魔の悲鳴さえ上がらない。漏れるような吐息だけを残して和紗は倒れた。

そうして変化が始まった。一本の鎖が和紗の死体から引き抜かれ、鬼の体へと埋没する。すると次第に、無貌の鬼は人の姿に変わっていった。

『私は、地縛……』

目が鼻が浮かび上がり、できたばかりの口で地縛は自分の名前を確認するように何度も呟く。その顔は、どこかの誰かにひどく似ていた。

……変容の全てを兼臣は目の当たりにした。そして理解する。あの鬼は比喩ではなく、和紗の魂を奪ったのだ。地縛は一本の鎖を失う代わりに和紗の魂を縛り付け、地縛としての人格を得た。もっとも、その事実に気付けたからと言って何かができたわけではない。兼臣には、和紗の死体と共に逃げることしかできなかった。

だから兼臣は取り返したかった、奪われた主人の魂を。それが可能なのかは分からない。和紗が生き返るのかも定かではない。けれど失くしたものが大きすぎて歪《いびつ》な希望でも縋ってしまった。

こうして生き方は決定した。

何一つ守れなかった、一振りの刀の話である。

◆

甚夜が一条戻橋に辿り着いた時、初めに耳を突いたのは夏の虫の声だった。

あれは鈴虫だろうか。湿気を含んだ温い風に紛れて鳴く虫達の音色は騒がしくも清澄だ。京の町にはむせ返るような盛夏の夜が敷き詰められており、だからこそ甚夜は奥歯を噛み締めた。鬼がおり刀があり、憎む者が憎まれるべき者がいる。ならば、そこが平穏であってはいけない。それなのに夏の夜に虫の音が響き渡り、重苦しい静寂が辺りを包んでいる。

「あら、おじさま？　遅かったわね」
　橋の真中には影がある。気負いのない涼やかな様子で、地縛は静寂の中心にいた。
ゆらゆらと揺れる鎖、そのうちの一本が地縛の傍らにいる女から生えている。左胸の
鎖が夜に濡れている。今夜の色は黒よりも赤に近かった。
「鬼の血を練り込んで造り上げた妖刀。中でも、この夜刀守兼臣は特別。マガツメ様
も気に入ってくれると思うの」
　兼臣は、地縛を捕えたいと願った刀は、その望みを為せなかった。立っているので
はなく鎖に吊られて立たされている。心臓を貫かれ、わずかも動かない。物言わぬ死
体がただそこにあるだけ。
　赤々と濡れた鎖から滴《しずく》がぽたりと落ちる。それが地面を叩いた時、甚夜はようやく
言葉を絞り出した。
「地縛……」
　年甲斐もなく声が震えた。どのような感情に起因するのかは気付きたくなかった。
　地縛はこちらに一度視線を向け、雑談のような軽い調子で言う。
「でも、体の方はいらないわね」
　動かない兼臣の四肢に鎖が巻き付き、鈍い音が響く。腕の骨、足の骨がへし折れ、

それでも兼臣は刀を手放さない。崩れ落ち、地に伏そうとする瞬間、さらなる鎖が彼女の体を貫く。背骨を砕き臓器を食い破る。鎖は容易く兼臣を持ち上げ、動かなくなった体を後方に投げ捨てた。

地縛は一度後ろを振り返り、無様に転がる兼臣を見てにたりと哂《わら》う。向き直ってこちらを眺めるその眼には、勝者の自負があった。

目の前で知己《ちき》の死体を弄られたのだ。眼前の下衆《げす》を憎み、怒りを露わにするところだろう。しかし甚夜はその光景を見つめながら、誰にも聞こえないよう舌の上で言葉を転がす。

「歳を取るというのは悲しいな」

以前ならば、おそらく激昂した。兼臣が傷つけられたことに怒り、なりふり構わず斬り掛かってやることができた。そういった青臭い年頃から数十年が過ぎた。今はもう感情の昂《たか》ぶりに身を任せられるほど若くない。眼前の怪異を討つために激情を飲み込めてしまう薄情な自分が嫌になる。もっとも分かり易く表に出さないだけで、怒りを感じないわけではなかった。

「すまない兼臣。約束を破ることになりそうだ」

地縛は、兼臣と瓜二つの端正な顔を歪めた。

「どういう意味?」

「兼臣は、お前に大切なものを奪われたから取り返したいと言っていた。そのために捕えたいのだと。ここで彼女の代わりに願いを果たせればいいのだろうが、どうやら私にはできそうもない」

抑揚のない、淡々とした語り口になった。それを地縛は無感情だとでも勘違いしたようで、せせら笑い薄く目を細めた。

「あら、早々に敗北宣言?」

やはり抑揚のない口調で甚夜は告げる。

「笑わせるな小娘」

鉄のような表情に鉄のような声。あまりにも硬すぎて、ぞっとするくらいに冷たかった。

「捕える必要がなくなったと言っている。鬼を討ち、その身を喰らい尽くす。やることは今までとなんら変わらない。己が目的のために、お前を斬るだけだ」

甚夜は抜刀して無造作に構える。夏の夜は少しだけ寒くなったような気がする。きっと気温が下がったのだろう。よく見れば地縛の肩もかすかに震えていた。

「兼臣がいないのに、その小綺麗な顔があるのは正直気に入らなくてな」

甚夜の冷静な態度や固い口調は、巫女守《みこもり》として相応しいあり方を考え作ったものであり、本質は短絡的で感情の起伏が激しい男だ。長い年月をかけて冷静な自分にも馴染み、老成して若さのままに動くようなことも少なくなった。しかし、心根というものはなかなか変わらない。

「悪いが、八つ当たりに付き合ってもらおう」

吐き出した言葉と共に全身の筋肉は肥大化し、甚夜の体が左右非対称の異形に変容していく。怒りなど、とうに振り切れている。有体《ありてい》に言えば、甚夜はこの上なく冷静に激昂していた。

「……っ！」

純粋な敵意は痛いほどにざらついていて、まるで目の粗いやすりのようだ。睨みつければ地縛は明確な怯えを見せた。

マガツメから生まれた鬼である地縛は、これまで一方的に他者を狩る化生だったのだろう。前回の苦戦も経験の浅さが招いた結果でしかない。彼女にとって戦いとは、命の遣り取りではなく単なる蹂躙《じゅうりん》に過ぎなかった。しかし同じ人の枠をはみ出た化け物を前にして、ようやくそれが勘違いだと気付いたようだ。地縛はここにきて怯えを飲み込み、油断や慢心を消し去った。

「〈地縛《じしばり》〉」

　じゃらじゃらと音を立てながら襲い掛かる二本の鎖。その一本が叩き付けるように肩口を狙い、もう一方が動きを止めるために足を搦《から》め取ろうとする。鎖を動かすのと同時に、地縛自身は後ろへと下がった。〈地縛〉は距離を取ってこそ有効な力だ。それを自覚しているようで、不用意に踏み込もうとはしなかった。

　反対に、こちらは〈飛刃〉を封じられて遠距離での決め手に乏しく、〈疾駆《しっく》〉で間合いを一気に詰めることもできない。まずは様子見、左腕をかざし〈地縛〉を迎え撃つ。

「来い、〈犬神〉」

　しなやかに跳躍する三匹の黒い犬と、空気を裂きながら蠢く不気味な鎖がぶつかり合う。ぱん、と軽くはじけるような音とともに〈犬神〉がはじけ飛んだ。代わりに鎖も大きくたわみ、見当外れの場所へ向かう。

「どうやら一筋縄ではいかないらしい」

「鎖だけに？」

「下らん冗談だ」

　落ち着きを取り戻した地縛は、どこか楽しそうにしている。

鎖が再度甚夜へ狙いを定めた。前傾姿勢になりながら、地を這うように甚夜は駆け出す。〈犬神〉では鎖を砕くことができない以上、距離を潰さなければ話にならない。身を翻し、鎖をやり過ごす。次いで〈隠行《おんぎょう》〉を発動して姿を消す。そのまま懐に入り込もうとするが、地縛も以前のままではない。即座に鎖を自身の周りへ戻し構える。しかし見えていないことには変わらない。甚夜は左足で橋を蹴って速度を上げる。

「残念、見えてるわよ」

その瞬間、地縛は縦横無尽に四本の鎖を振り回す。どこにいるかは分からないから薙ぎ払おう。その程度の考えかとも思ったが違った。鎖の軌道は雑に見えてよく計算されている。甚夜の逃げ場所を誘導し、追い詰めようという意図が見て取れた。

空気を裂きながら、一本の鎖が鞭のように振るわれた。全身の筋肉を躍動させ、横薙ぎの一太刀で迎え撃つ。

金属と金属がぶつかり合う。鎖を払い除けて後ろに退き、甚夜は再度構える。地縛は余裕の表情でそれを眺めていた。

「姿を消しても、自分の力がどこにあるかくらいは分かるわ」

甚夜の腕と足には鎖の刺青《いれずみ》がある。これが消えない限り地縛はその位置を把握でき、消すためには地縛を討つしかない。〈飛刃〉〈疾駆〉は封じられた。位置が分かるならわずか五年で地縛は予想以上に腕を上げた。しかし、退くという選択肢はない。ここで逃がせば地縛はさらに強くなるだろう。それ以上に奴は兼臣を弄った。甚夜は地縛を斬り伏せること以外、考えてはいなかった。

「随分と強くなった」

「これでも、少しはね。おじさまにそう言われると何だか嬉しいわ。お礼に鎖で雁字《がんじ》搦《がら》めに縛り付けて、いたぶってあげる」

周囲に二本を残し、他の鎖で甚夜を攻める。

「趣味ではないな」

急所を目掛けて飛来する鉄球を丁寧に捌《さば》きながら答える。

地縛は確かに強くなったが、今回は誰かを守りながら戦わなくてもいい。その分、精神的にも肉体的にもいくらか余裕があった。

「そう。でも、やめないわよ?」

「構わんさ。どのみち為すことに変わりはない。お前は、私が喰らおう」

「あらまあ、私を食べたいの? 向日葵姉さんに嫉妬されちゃうわね」

ふざけたことを言いながらも攻め手は苛烈だ。地縛が攻め、甚夜が防ぐ。戦局は硬直状態に陥っていた。

「……っ」

「ほんと、厄介な人！」

致死の一撃を幾度もいなしながら甚夜は隙を窺う。鬼と化しながらも攻め込めないのは〈地縛〉の封じる力のせいだ。痛みは耐えられるが、縛られることは防ぎようもない。だから硬直状態に甘んじるしかなく、しかしこのままではいずれ不利に傾く。

おそらく同じように考え、地縛の方が先にしかけてきた。

「ねえ、おじさま？」

「なんだ」

攻防の最中、互いに軽い調子で語り合う。

「いい加減、飽きてきたと思わない？」

「奇遇だな、私もそう思っていた」

「そう、なら」

鎖が全て地縛の周囲へと戻った。甚夜は腰を落とし、左の拳を音が鳴るほどに強く握り締める。

「そろそろ、終わりにしましょうか」

「良い案だ」

そして動く。それもまた同時だった。

地縛が攻撃を止めたのは甚夜を呼び込むためだ。遠距離で攻撃を繰り返しても捌かれるだけ。ならばぎりぎりまで距離を近づける。鎖の速度に甚夜自身の疾走を加え、多少の手傷は覚悟の上で、攻撃に移る際の一瞬の隙を突くのが狙いだろう。対する甚夜は〈剛力《ごうりき》〉を使わない。威力は随一だが、手数の多い地縛相手ではあまり意味がない。鬼の身体能力と剣技に飽かせた真っ向勝負。相手の策略など正面から斬り伏せる。

一挙手一投足の間合いへ踏み入り、二匹の鬼が殺意をぶつけ合う。

速度は殺さない。甚夜が狙うのは咽頭、放つのは鬼の腕力を余すことなく乗せた刺突だ。それを地縛は待ち構えていた。甚夜が右腕を引いた瞬間、四本全ての鎖を用いて打ち据えにかかる。距離が近くなった。突きよりも待ち構えていた地縛の鎖の方が早い。唸りを上げる鎖は蛇、敵の命を刈り取ろうと牙を剥く。

だが、そこまでは読めている。かつて岡田貴一《おかだきいち》が見せた刺突には及ばないが、甚夜は放った突きの軌道を滑らかに薙ぎへと変化させる。

拙《つたな》い技だ。それでも地縛には十分驚愕だったようだ。甚夜は止まらない。打ち払うのは目の前のものだけでいい。それがなくなれば地縛に拳が届く。〈剛力〉を使わずともこの拳は凶器、一撃で鬼女の美しい顔を退き飛ばすことができる。

さらに距離は狭まる。拳が届く位置、故に勝利を確信する。

「これで、私の勝ちね」

地縛が勝利を確信して笑った。

瞬間、防がれた四本の鎖ではなく、甚夜の体から二本の鎖が解き放たれ、彼の心臓を頭を狙う。攻撃に移る際の一瞬の隙を狙い撃つ。それだけでは甚夜を仕留めるのは難しいと考えたのか、彼女は四本の鎖を囮《おとり》にした。そして力を封じていた二本の鎖を解放し、真正面から不意を打つ。

避けられない。鉄球が唸りを上げる。それは正確に甚夜の心臓と頭に直撃した。

「その程度では、壊せんぞ」

がきん、と鉄の音が響く。

〈不抜《ふばつ》〉。壊れない体の前では鎖など涼風にも劣る。

読んだわけではない。地縛の笑みに不吉なものを感じた瞬間、甚夜は力を発動していた。ほとんど勘ではあったが、その判断が功を奏した。とはいえ彼は土浦《つちうら》ほど早く壊れない体を構築できない。直撃より一瞬遅かったため、完全に防ぎきることはできず血が垂れている。

どうにか間に合ったが、今のは綱渡りで命を繋いだに過ぎない。

互いに全て手札を切り、二匹の鬼は硬直している。

甚夜は、まだ〈不抜〉が解けていない。壊れない体を得られるが、使用中は動くことができない。動けない状態で縛られれば終わり、急ぎ反撃に転じようと力を解く。

地縛も六本の鎖を防がれ、攻撃に移るまで時間がかかる。

先に動いた方が勝つ。そういう状況で、しかし〈不抜〉が解けるよりも、たわんだ鎖が元に戻る方が早かった。

「……っ」

甚夜は演技ではなく、心底の焦りから顔を歪めた。まだ動けず、打てる手はもうない。地縛は既に鎖を操り始めた。今度こそ防げないだろう。

にいっと、地縛が口の端を吊り上げる。

「ようやっと、これで終わりね」

勝ち誇った地縛が左腕をかざすと、蠢く鎖が甚夜に顎《あぎと》を向ける。

そうして、放たれた一撃が体を貫いた。

「ええ。これで終わりです。終わるのは、貴女ですが」

一振りの刀が背後から地縛の心臓を貫いたのだ。

ずぶりと気色の悪い音が聞こえる。地縛が自身の傷を困惑の目で凝視している。確信したはずの勝利が零れ落ち、頭が回っていないようだった。それは甚夜も同じで、にわかには信じがたい光景に呆けてしまっていた。

「まだ、動けるのっ……⁉」

心臓を壊され背骨を砕かれ、四肢までもへし折られた。普通に考えれば生きているはずがない。なのに兼臣は傷口から血を流したまま立ち上がり、手にした刀で地縛を刺し貫いていた。

「四口の夜刀守兼臣は全てが妖刀。それぞれ異なる力を有しています。この刀の力は〈御影《みかげ》〉。骨が折れようが腱《けん》が切れようが、動かない体を傀儡《かいらい》とし、無理矢理に動かすことができる……」

地縛は苛立ちに顔を歪め、致命傷を受けながらも抜け出そうと腕を振り上げようとした。しかし、それはさせない。甚夜は異形の左腕で地縛の首を鷲掴《わしづか》みにし、骨が軋むほどの力で絞める。鬼女の赤い瞳が怖れに染まっていた。

「兼臣。無事、なのか？」

「見ての通りです」

「…………え？」

満身創痍《まんしんそうい》、とても無事とは言えない。けれど既に死んでいるはずの兼臣は、何の問題もないと言う。ならばいい。優先すべきは地縛の後始末。追及はしなかった。

「そうか。こいつはどうする」

もともとは地縛と兼臣の私闘、甚夜は横槍を入れたに過ぎない。行く末を決める権利は斬った彼女にある。どのような選択であれ従うつもりでいた。

「葛野様の、お好きに」

兼臣は目を伏せ、感情の乗らない声を落とす。仇を追い詰めながらも、そこには怒りも憎しみもない。強いて言うならば諦めか。もはやどうでもいいことだと弱々しく目を伏せる。

「いいのか」

「ええ。私は信じていたのです。地縛を捕えれば、和紗様の魂が取り戻せるのだと。そんなことあるはずがないのに。失ったものが戻るなどと、ありもしない妄想に縋ってしまった」

俯いてそっと触れたのは自身の胸元、穿たれた心臓だった。失われたものを確かめるように、傷口にしなやかな指を這わせる。横顔に映り込む淡々《あわあわ》しい感傷は見間違いではなく、しかし兼臣は瞬きの間にそれを捨て去った。

「ですが叶わぬ夢と、ようやく受け入れられました。ですからどうか、貴方の手で終わらせてください」

逡巡は決別に必要な時間だったのかもしれない。顔を上げた彼女の眼には、もう迷いはなかった。

それがいかなる想いを込めて紡がれたものかは、甚夜には分からない。ただ、その眼に曇りはなく、静かな微笑みは本当に綺麗だった。問いを重ね、彼女の決意を濁らせるような真似は無粋だろう。甚夜は何も返さず小さく頷き、改めて地縛へ意識を傾ける。

「地縛……お前に聞きたいことがある」

左腕に込めた力を緩めた。地縛の手足はだらりと放り出され、虚ろな目は生気を感じさせない。地縛の体からは既に白い蒸気が立ち昇っている。

手を下すまでもなく、放っておいたところで彼女は死ぬ。そういう娘を脅しつけ、無理矢理に話を聞き出そうというのだ。人を狩る鬼女が相手とはいえ、非道と謗《そし》られても仕方がないと自分でも思う。

「マガツメの目的はなんだ」

「さ、あ？」

途中で止める気もない。地縛がマガツメの娘であるならば下衆の所業も喜んでやろう。憎しみに追い立てられて生きてきた。今さらここで二の足を踏む気はなかった。

「何も知らないのか」

「ええ、興味も、ないし。でも、何か為したいことがある、手伝う理由なんてそれで十分じゃない？　だって、元は同じものだったんだから。もっとも、マガツメ様は私達のことなんて気にも留めていない、でしょうけど」

憎悪は隠そうにも隠し切れない。それが自身に向けられたものではないと知っているだろうが、地縛は身を固くしていた。彼女の表情に浮かぶのは恐怖より諦観《ていかん》、あるいは自嘲だ。もはやどうにもならないと理解して虚飾を捨て去った女は、驚くほど素直に胸中を曝け出す。

「私達は、マガツメ様が切り捨てた心の一部。目的を果たすために必要だったから造ったんじゃないわ。目的を果たすために必要ないから私達ができた。それがたまたま使えたから使ってるに過ぎない。大切にはしてくれるけど、本当は私達のことなんて最初からいらなかったのよ、きっと」

彼女が母ではなくマガツメ様と呼ぶのは、だからなのか。必要とされていない、その引け目が母と呼ぶことを躊躇《ためら》わせる。垣間見えてしまった寂しさに甚夜は眉を顰めた。人を狩る鬼女相手に同情はしない。それでも子を持つ身としては、彼女の苦悩には身につまされる部分もあった。

「そうか。くだらないことを聞いた」

地縛の疲れたような淡い笑みに、幾度も留守番をさせてしまった小さな娘の面影が重なる。敵のままでいてくれればやり易かったろうに、少しばかり踏み込みすぎたかもしれない。

「いいわ、私は負けたんだもの」

「ならばお前の力、私が喰らおう」

多少気は重いが、見逃す理由にはならない。力を込めた左腕が心臓のように脈打つ。鬼を喰らい、その力を我がものとする。かつて葛野を襲った鬼から与えられた異形の腕だ。彼女の記憶も想いも、丸ごと全て喰らい尽くす。

「あ、あああ……」

苦悶の声には聞こえないふりをする。繋がった左腕から存在そのものが流れ込んできた。しかし普段とは勝手が違う。何故だろうか、記憶も想いも理解ができなかった。靄《もや》がかかったようにはっきりしない。心は何一つ伝わらず、それでも少しずつ地縛の意識が溶けていく。

「では、な。地縛」

簡素な別れは、せめてもの謝罪だったのかもしれない。

ふうわりと、彼女の口元が和らいだような気がした。断末魔も今際《いまわ》の恨み言もなく、寂しげな微笑みだけを残して鬼女は完全に消え去った。

りり、りり。

虫の音が響く静かな夏の夜が辺りには戻り、こうして百鬼夜行は一晩のうちに終わりを迎えた。

「ああ、よかった。和紗様の仇だけは討つことができた」

呟きには万感の意が籠《こも》っている。時代に刀を奪われ、復讐を否定され。なおも兼臣にとってはそれが全てだった。守れなかった過去は変わらず戻るものもない。けれどかつて斬るべきを斬れなかった刀は、苦渋の歳月を経て、過去の因縁をようやく斬り捨てることができたのだ。

せめてもの意地は通せたと、救われたとでもいうように兼臣は柔らかく息を吐き、そこで限界が訪れる。役目を果たした兼臣は、まるで糸が切れた人形のように膝から砕けて力なく倒れ込んだ。

「兼臣」

　驚きも慌てもしなかったのは、多分予見していたからだ。甚夜は冷静に近付き、細くあまりに軽い彼女の体を抱え起こす。ここまで傷付いても刀だけは手放さない。最後まで刀であろうとした、その心こそが彼女だった。

「ありがとう、ございます。葛野様、貴方のおかげです」

　瞳は儚《はかな》げに揺れている。宿願を果たして心は満たされた。復讐も未練も、摂理に逆らい生へしがみつく必要も、もはや彼女には何も残っていない。

「待っていろ、今助けを」

「無理ですよ。元々が力で無理矢理動かしていただけに過ぎません。もう、この体は終わっているのです」

〈御影〉。自身の体を傀儡のように操る力。それが自然の摂理に反して今まで彼女を動かしてきた。それも終わりだ。抱えた体は冷たく、鼓動も聞こえない。

　信じたくなくて見ないふりをしていた。命を落とすという表現は正しくない。本当は、もう彼女はとっくの昔に終わっているのだ。なのにその瞳はどこか晴れやかだ。まるで天寿を全うする老人のように見えて、悔恨に甚夜は奥歯を強く噛み締める。

　まただ。結局は何も守れない。

恥を忍んで頼ってくれたこの娘に、彼は何もしてやれなかった。

「ふふ、そんな顔をしないでください。こうなると最初から決まっていました。けれど、為すべきを為せた。私は十分満足しています。心残りと言えば、もう葛野様の作る蕎麦を食べられないくらいのものでしょう」

「蕎麦なんぞ幾らでも作ってやる」

「もう少し早く言って欲しかったですね」

くすりと零れ落ちた吐息に、甚夜は痛みを覚えた。

「そこまで惜しんでもらえるなんて、思ってもいませんでした」

「すまない、私は、お前に」

「そんな顔をしないでください。何も言えなかった私に手を差し伸べてくれた。あの夜、私は確かに救われたのです。何一つ為せなかった刀は、ちゃんと斬るべきを斬れた。それは紛れもなく貴方のおかげなのですから」

だから、この終わりで十分満足しているのだと彼女は言う。

最後の力だろう、兼臣はゆっくりと手を動かして、甚夜の頬にそっと触れた。

「地縛に奪われた和紗様の魂は、きっと貴方の中に。ならば今度は、貴方を主人と仰ぐべきでしょうか？」

冗談めかした物言いが胸を締め付ける。

「ああ、それでいい。だから」

だから死ぬな。

言いたかった。けれど言えなかった。

「ふふ、そう、ですか。なら……貴方の刀となるのも、悪く、ありませんね」

腕の中にいる兼臣は、最後に悪戯《いたずら》っぽい笑みを残し。

――するりと手は離れて。

もう、動かなくなった。

6

夜が明けた。

とりあえず一寝入りして体を休めてから、甚夜達は鬼そばへと集まった。

店は開けていない。さすがに疲れたので、今日はこのまま休みにするつもりだった。

「ほれ、甚夜」

「これは?」

「今回の仕事料や。いや、実はな。百鬼夜行をどうにかしてくれゆう依頼は多くてな。結構な稼ぎになったわ。今回は僕と山分けってことで」

「そういうことなら」

どうやら休んだ後、わざわざ金を受け取りに行っていたらしい。袋に入れられた銭を受け取り、店の奥に片付けてからもう一度向かい合って椅子に座る。

店の中には甚夜と染吾郎しかいない。傾《かぶ》いた格好をした、細面の娘は戻ってくることができなかった。甚夜は傍らに置いた夜刀守兼臣をぼんやりと眺めた。

「心を造る。結局、マガツメの目的はよう分からんかったなぁ」

茶を啜りながらぽつりと染吾郎が呟く。鈴音は人の死体を弄り、何かを生み出そうとしている。彼女の目指すものは甚夜にもよく分からない。ただ、思い浮かべるだけでどろりとした憎悪が湧き上がる。嫌な心地だ。何十年と経って、それでも変われなかった自分を改めて見せつけられたような気がした。

「なあ。今さらやけど、マガツメが金髪の鬼女なんやろ？」

「ああ。百年の後に鬼神と為り葛野へ降り立つ、現世を滅ぼす災厄だ」

「君の故郷やったか」

染吾郎は笑うとも呆れるともつかない、微妙な表情を浮かべた。向日葵との遣り取りで、マガツメが甚夜の妹であるのは知られている。甚夜が妹とは口にせず「現世を滅ぼす災厄」としか言わなかったことに、感じるところがあったのだろう。

「ま、詳しいことは聞かへん。ほんでも、せやな。その時になったら力は貸すわ」

気遣いは素直にありがたい。しかし人は鬼ほど長く生きられない。その時が訪れる頃には、彼はもう――過る嫌な想像から目を背け、甚夜は短く「すまない」とだけ返した。染吾郎の語る未来が訪れることはないと知りながらも、彼の心を撥《は》ね除けるような真似はしたくなかった。

空気がかすかに重くなった。自然と言葉はなくなり、聞こえるのは茶を啜る音くらいだ。やけにゆっくりと時間は流れ、どれくらい経っただろうか。長く居座った沈黙は、冗談めかした物言いに破られた。

『しかし葛野様は、案外と情の深いお方なのですね』

声は聞き慣れた女のものだ。店内にいるのは男二人だけ、当然ながら女性の姿はない。だから甚夜は苦虫を噛み潰したような顔で、傍らに置かれた夜刀守兼臣を睨み付けた。

「……うるさい」

あからさまな仏頂面が面白かったらしく、染吾郎はずいと前へ乗り出す。

「お、なになに、何や面白い話でもあるん？」

『面白いというわけではありませんが、葛野様が私に蕎麦なんぞ幾らでも作ってやると』

「おおっ。惚れたとかもらったるとかそういう話か」

大袈裟に驚き、ちらりとこちらに視線を送ってくる。思い切りにやけた顔といい、完全にからかう気だ。その辺りも大概引っ掛かるが、何より苦々しく思うのは、また響く女の声の方だ。先程から染吾郎は驚きもせず、戸惑いもなく当然のように話しかける。相手は卓の上に置かれた刀だ。

『やはり、そういうことになるのでしょうか？』

そしてこれまた当然のように刀……夜刀守兼臣も言葉を返す。聞き慣れた女の声は、どのような原理か、口のない刃が発しているのだ。

「だから、うるさいと言っている」

不機嫌なのは怒りではなく気恥ずかしさからだ。なにせ地縛との戦いの際、倒れた兼臣に対して色々と迂闊なことを言ってしまった。勿論本心ではあるが、それを話題にされるのはいたたまれない。

甚夜の様子を見て、染吾郎は笑いが止められないようだった。

「染吾郎。お前、最初から知っていたな？」

「そら、まあ。というか、ちゃんと僕ゆうたやろ？　兼臣は刀やって」

確かに染吾郎は言っていた。しかし、それが言葉通りの真実だとは想像もしていなかった。

染吾郎に続いて夜刀守兼臣も、口はないが空気を震わせ声を発する。

『私もちゃんと言ったはずですが。これは私そのものだと』

それも幾度となく聞いていた。刀は自分そのものだと。これは私の魂だと。ただ、甚夜が勝手にそれを単なる比喩表現だと勘違いしたに過ぎない。そもそも彼らは何一つ嘘を吐いていなかった。

「ああ、分かっている」

甚夜は全てが終わって、ようやく兼臣が何者なのか理解した。何度も言うが比喩ではなく、兼臣——妖刀・夜刀守兼臣は、元々和紗の刀だった。

妖刀使いの南雲、その当主たる和紗の父が娘に与えた妖刀こそが兼臣だった。和紗の指南役になった、というのは単純に「自分の正しい使い方」を教えるという意味に過ぎない。主とは「主人」ではなく「使い手」。そして今まで会話していた兼臣は、夜刀守兼臣に宿った人格なのだ。

兼臣は和紗の刀となっていくばくかの年月を過ごし、地縛という鬼女に出逢う。南雲和紗は地縛に魂を奪われた。これもまた比喩ではなく、おそらく地縛は力によって和紗の魂を縛り、己が内に取り込んだのだろう。魂のない体では動くことはできない。だから兼臣は動かない和紗の体に力を使った。

〈御影〉——人の体を傀儡《かいらい》のように操り、骨が折れようが腱が切れようが無理矢理に動かす異能。もっと言えば、今喋っている彼女こそが〈御影〉という力だ。刀の現身《うつしみ》としての人格、妖刀の落とした影。故に名を〈御影〉という。

だから地縛と兼臣は同じ顔をしていた。地縛は和紗の魂を取り込んだが故に、兼臣は和紗の体を操るが故に、二人はあれほどまでに瓜二つだった。

「そうだな、お前は最初からこのことを伝えようとしていた」

『二人静《ふたりしずか》、ですか？』

「ああ」

『ならば今一度問いましょう。菜摘女は、何故舞うことができたのか』

静御前《しずかごぜん》の霊に取り憑《つ》かれて舞う菜摘女の話だ。舞いの途中で静御前の幽霊が現れ、それでも菜摘女は舞を続ける。それならば何が菜摘女を動かしていたのか。

今なら何と答えればいいのか分かる。

「そんなもの、別の何かが菜摘女を動かしていたに決まっているだろう」

その体に魂がないのなら、動かす要因が他にあってしかるべき。あの時の話も、ただの雑談ではなく意味があった。婉曲《えんきょく》ではあったが、妖刀の魂に憑依《ひょうい》された南雲和紗こそが正体だと彼女は初めから教えてくれていたのだ。

『はい、正解です』

声の調子から満足そうに頷く女の姿を想像する。

マガツメが兼臣を求めた理由も何となく理解できた。あの娘が心を造ろうとしているのならば、心の宿った刀は確かに興味深いものだろう。

「せやけど、死体やのによう腐らんかったなぁ」

『それは、どちらかというと地縛の力でしょう』

殺されたのではなく魂を縛られた。故に、南雲和紗は半分生きていて半分死んでいる状態だった。死んでいるから魂はなく年老いもせず、生きているから腐りもしなかった。しかし、今回の戦いで和紗の体は完全な死骸となった。

兼臣が地縛の結末を甚夜に任せたのは、おそらくそのためだろう。肝心の体が壊れてしまったのだ、魂を取り戻す意味がなくなってしまった。あるいは、最初から魂を取り戻せるなんて思っていなかったのか。本当は取り戻せないと知りながら、こだわっていたのかもしれない。そうしなければ生きていけなかったから。

『どうかされましたか?』

「いや」

過った推測を口にはしなかった。本当の所を知るのは兼臣自身の他におらず、聞く気もない。わざわざ傷を抉るような真似はしたくなかった。

「まあ、これで百鬼夜行の件は解決。この子も敵を討てて、甚夜にも妻ができた。万々歳やね」

「お前はそろそろ本気で黙れ」

まだからかおうとしてくる染吾郎をさらに睨む。しかし暖簾に腕押し、飄々と視線を受け流して朗らかに笑っている。本当に、いい性格をした爺である。

「まあまあそう言いなや。って、ん？」

何かに気付き、怪訝そうに染吾郎は目を細めた。その視線を追っていけば店の奥から出てきた野茉莉の姿がある。

「野茉莉？」

何故か暗い顔をした娘が、じっと甚夜を見ている。様子がおかしい。席を離れて近付くが、声を掛けても反応はない。野茉莉は無言を貫き、しばらく間を空けてからようやく小さな声を絞り出す。

「お母さんはいらないって、言ったのに。父様もそれでいいって」

どうやら中途半端に話を聞いてしまったせいで勘違いをしているらしい。弁明しようとして、鋭くなった目付きにそれを封じられる。

「嘘吐き」

刃物のような言葉が突き立てられた。何も言えない甚夜に背を向け、野茉莉は再び奥の部屋に戻っていく。先程までの和やかさは消え去り、店内の空気はぴんと張りつめていた。

「なんや、みぃんな解決したと思ってたけど、一番の問題はそのままみたいやね」

染吾郎が頬を引き攣らせている。甚夜も動けず、立ち尽くすしかできなかった。

『あの、すみま、せん？』

状況をよく理解できていないようで、兼臣が口にしたのは戸惑ったような謝罪だった。別に彼女は悪くない。動揺を隠し、努めて普段通りの顔を作って答える。

「大丈夫だ」

平静を取り繕っても沈んだ声は隠しようがない。人の親が板につきすぎたのか娘に嫌われるというのはかなり堪える。

「まあ、女の子の扱いは難しいわなぁ」

『女性と縁のない秋津様でもそう思われますか』

「よっしゃ、お前、表に出え」

染吾郎と兼臣の遣り取りを横目に甚夜は溜息を吐いた。

何一つ守れなかった刀の物語は、どうにか笑顔で終えることができた。少なくとも兼臣は、以前の体は失ってしまったがここにいる。それは喜んでもいいことだろう。

『どうかされましたか』

「なに、少し疲れただけだ」

『それならばいいのですが』

「すまない、気を遣わせたようだ」

『いいえ、貴方の妻ですから』

兼臣の声は弾んでいて、表情は分からないが楽しそうだと感じられた。だから咎《とが》めはしなかったが、溜息がもう一度零れた。面《つら》の皮が厚い女だ。そもそも刀の面の皮がどこかは分からないが。

これで地縛と兼臣の話は終わり。

南雲和紗の仇を討ち、彼女は随分と気が楽になったようだ。マガツメの目的はよく分からないままで、野茉莉との関係も微妙なまま。甚夜の方は前途多難だが、とりあえずは一件落着というところだ。

紆余曲折はあったが、今回の件を締めくくる言葉はやはりこれが相応しいだろう。

『では、これからもよろしくお願いします。旦那様』

つまり、兼臣は刀であった。

母神まんじゅう噺《ばなし》

1

明治十一年（１８７８年）・三月。

京都三条通に店を構える三橋屋は、明治四年に創業した歴史の浅い和菓子屋である。

店主の三橋豊繁は商売っ気がないというかどうにも呑気な性格で、客足は今一つ伸びない。ただ、桜の季節になれば花見の菓子を求める客が流れてきて、店もそれなりに忙しくなる。

「あぁ、さすがにこの時期は疲れるなぁ」

豊繁はぐっと背筋を伸ばし、ゆっくりと息を吐く。花見の客のおかげで菓子はよく売れた。日も落ちてきたことだし、そろそろ店仕舞いの時間となった。

よく働いたせいかひどく疲れた。本来はいつもこれくらいの客でなければいけないのだろうが、豊繁は寝床と飯があるならそれで十分だと考える。できればほどほどに仕事をして、後はのんびりしていたいというのが本音である。

本人が積極的に売り込まないため店は有名ではないが、彼の菓子作りの腕は確かだ。固定客も多少はおり、おかげで生活は問題なくできている。今の状態を維持できればそれでいい。勿論《もちろん》、それを妻に言うと叱られるので口にはしないのだが。

「うっし、さっさと片付けよか」

手早く店を閉めて飯と晩酌を楽しもう。妻は厳しいが嫌な女ではなく、夫婦仲は決して悪くない。なにより彼女の作る料理は絶品で、豊繁はそれを肴《さかな》に一杯やるのが何よりの楽しみだった。

今日は確か菜の花のからし和えがあったはずだ。これは酒が進むと鼻歌交じりで表に出て、いそいそと暖簾《のれん》を片付ける。その途中、豊繁はぞくりと妙な寒気に襲われた。三月の夜はまだまだ寒い。体を冷やして熱を出しても困る、早く戻ろうと思い、しかしふと感じた視線に手が止まる。気付けばいつの間にか傍らに童の姿がある。十かそこらくらいの、妙に色の白い男の子がじっと見つめていた。

「なんや坊主」

じきに日が暮れる。周囲に親らしき人物はおらず、さては迷子か。屈《かが》んで視線を合わせるも肝心の相手は無表情で、反応はあまりよろしくない。無言のままの状態がどれくらい続いたか。どうしたものかと戸惑っていると、ようやく少年は口を開いた。

「おまんじゅう。買いにきたの」

「お使いか？　お金は」

差し出された掌にはいくらか小銭が載っていた。饅頭《まんじゅう》一つ五厘《りん》で売っているので、これなら三つは買える。

「おう、十分や。坊主一人で食べるんか？」

「おかあさんと」

「そうか。ほんならちょっと待っとき」

店内へ戻った豊繁は饅頭を五つ紙に包む。どうせ売れ残りなのだから、多少のおまけはいいだろう。妻も子供には優しく、話せばもっと持たせようとするはずだ。

「ほれ、一銭五厘な。おまけしといたで」

「これ」

お金の計算はできないのか、少年はぐいともう一度手を差し出したので、掌からちょうどの銭を数えて受け取る。代わりに饅頭を渡すと、やはり表情は変わらないがペこりと頭を下げて走り去っていく。

あまり喋らないし妙な子だったが、せっかくおまけしたのだ。母親と一緒に仲良く食べてくれればいいなんて考えながら、楽しげな気分で豊繁は店へと戻っていった。

少なくとも、この時は。

◆

それから三日後のこと。

「すんまへん、葛野さんいる？」

「三橋さん？」

閉店時を狙って豊繁が鬼そばを訪ねてきた。同じ時間に朝の掃除を始めるため毎日顔は合わせているが、こうして店に来るのは珍しい。以前よりも互いの態度も砕け、たまに酒を呑むくらいには仲良くしている。しかし今日の彼は「面倒くさい」が口癖の呑気な男にしては、これまた珍しく困惑したような雰囲気だった。

「どうかしましたか？」

「ああ、いや。なんちゅうか。まあ、相談やな」

「はあ」

相談があるという割には歯切れが悪い。言い出そうとして引っ込めてを何度か繰り返した後、豊繁はようやく意を決したようだ。

「いやな、葛野さん。ちょっと噂を聞いたんやけど、葛野さんが色々怪しげな事件を解決してるとかなんとかいうて。それ、ほんまか？」

どうやら彼は「刀一本で鬼を打つ剣豪」の噂を聞きつけてここへ来たらしい。ただ眉唾《まゆつば》な噂だ、本当かどうか分からず話を切り出しにくかったというところだろう。そこまで迷いながらも問うのは、のっぴきならない状況に追い込まれているからだ。甚夜が黙って頷けば、言い出しにくそうにぽつりぽつりと用件を語り始めた。

「子供の幽霊？」

「ああ。うちにやな、来るんやわ」

相談は饅頭を買いに三橋屋へ来る少年についてだった。なんでもここ数日、閉店間際になると顔を出す奇妙な童がいるという。あまり喋らず表情もほとんど変わらない少年は、いつも饅頭を買っていく。金はちゃんと払うし問題ないといえば問題ない。

実際、豊繁も当初はさほど気にしてはいなかったらしい。

ただ彼の細君はそうでなかったらしく、毎夕訪れるこの小さな客を怪しんでいたそうだ。といっても彼女が怪しんだのは、どちらかと言えば母親の方。少年は母のために饅頭を買いに来るが、一度も親の顔を見たことがない。それに一度も笑ったところを見たことがないし、体には所々傷がある。つまり豊繁の妻が訝《いぶか》しんだのは、もしやこの少年は母に酷い目にあわされているのでは、という話である。

「随分と、気に掛けるのですね」

「ああ、うちのはな。昔熱病にかかってしもて、子供ができひんのやわ。せやからやろうなぁ、子供には特に優しいんや。俺も、そういうとこあるしな」

　妻が顔を曇らせているのはあまり嬉しくないし、気になったのは豊繁も同じで、昨日は少年の背中が見えなくなるまで眺めていたそうだ。

するとと少年の背中が見えなくなった。ただし角を曲がったのではなく、人混みに紛れたわけでも遠く離れたからでもなく、まるで煙のように視界から忽然《こつぜん》と消えたのだという。

「見間違いなんかとちゃう。確かに、消えたんや。やのにや。今日もまた、その子供がうちに来たんや。饅頭を買って、帰って。ほんでまた、ふっと消えたんや」

　口調には、恐怖よりも戸惑いが混じっている。特に危害を加えられたわけではなく、金が後で木の葉になってしまったといった定番の結末もなかったそうだ。ただ饅頭を買って、帰りに消えた。言ってみればそれだけだが、目の前で怪異を見たせいで豊繁は随分と混乱している様子だった。

「勿論、ただ働きさせるつもりはあらへん。あんまり多くは払えへんけど、礼金くらいはなんとかする」

「多少探りを入れるくらいは構いませんが。礼金は結果如何《いかん》の後払いで結構です」

「そうか、それは助かるわ！」

本音を言えば金はもらえれば儲けもの程度、どちらかといえば甚夜の目的は怪異の方にある。子供の幽霊。細やかではあるが怪異には違いなく、興味もなくはない。報酬の方は期待できないが、これもご近所付き合いの一環と思い甚夜は豊繁からの依頼を受けた。

ただし、あまり親しくない相手を何故か連れて行く羽目になるのだが。

◆

宇津木平吉は幼い頃に両親を亡くしている。

確か、八歳を過ぎたくらいの頃だったか。きれいな月の夜に、親子三人仲良く夜道を歩いていた。言ってしまえば不幸な偶然だ。覚えているのは赤かったこと。突如として鬼に襲われ、頭の中も目の前も真っ赤に染まる。宇津木平吉の幸せは一瞬にして、それこそ父母の頭蓋くらい簡単に潰れてしまった。

――なぁ、君。僕んとこ来《き》ぃひんか?

そんな子供を拾ってくれたのが、三代目秋津染吾郎という男だ。

両親を殺した鬼が怖くて、平吉はひたすらに走った。けれど子供の足では逃げ切れるはずもない。幸福は理不尽に奪い去られ、逃げた彼もすぐに追い詰められた。

ああ、ここで死んでまうんか。

浮かぶ無残な最期、しかしそれは一瞬で覆《くつがえ》る。

染吾郎は颯爽《さっそう》と現れ、ただの一撃で鬼を葬り去った。

その光景を今でも覚えている。何故もっと早く来てくれなかったのか、両親を助けてくれなかったのか。見当はずれの恨み言なんて出てこない。それほどまでに秋津染吾郎は見事だった。

災厄を振りまく鬼を祓《はら》う姿に憧れを抱いて以来、染吾郎の弟子となった平吉は、今も師を尊敬している。同時に幸福を踏みにじった鬼を心の底から憎いと思っていた。

鬼は嫌いだ。あれは存在しているだけで人間に害を及ぼす。生きている価値自体がない。あんなものを放置していては、また誰かが不幸になってしまう。自身の経験から平吉はあやかしの類を嫌悪している。

ない。

「てんぷら蕎麦、おまち」

だというのに鬼が手ずから作った蕎麦を食べているのだから、自分でも訳が分からない。

平吉が通い詰める鬼そばの主は店名の通り人に化けた鬼で、名を葛野甚夜という。師の古い友人らしいこの男はどういう成り行きか京の町で蕎麦屋を営み、裏では怪異関連の依頼を受けて解決している。

憎むべき鬼には違いないが、こいつは人に仇《あだ》為す鬼を討つ。しかも鬼嫌いを明言して憚《はばか》らない平吉に対しても、悪感情は向けず平然と接してくる。小さな頃から師に連れられて店へ通っていたこともあり、悲しいかな今では会話するのもそこそこ慣れてしまった。鬼相手に何をやっているのかと、我ながら呆れてくる。

「平吉さん、お茶のおかわりどうぞ」

「え、あっ。いや、すんません野茉莉さん！」

にへらと頬が緩んでしまう。平吉が嫌いな鬼の店へ通う理由の大半は、ふうわりとした微笑みでお茶のおかわりを準備してくれる彼女にある。桜色のリボンがよく似合う野茉莉は鬼そばの看板娘で、平吉の初恋の相手であり、何の因果か大嫌いな鬼の養女だった。

「最近よく来るね？」

「はは、まあ俺もお師匠も料理作れへんから、どうしてもなぁ」

普段通り喋ったが、声が上ずってないか心配になってくる。小さな頃から面識があるので野茉莉とは一応親しくはある。平吉は長らくこの少女に懸想《けそう》しているのだが、あと一歩が踏み出せず仲のいい友人関係のままで止まっていた。それをどうにかしようと足繁く店に通い、しかし十七の青年になった平吉は相変わらず彼女の前では緊張してしまうのだ。

「最近、調子はどないや？」

「ん、どうだろうなぁ……なんでだろ。上手くいかないね」

「そ、そか」

近頃は上手く父様と話せない。以前、彼女はそう呟いた。それは今も続いているらしく、昔はべったりだった親娘の間には微妙な距離ができている。

「おっしゃ、俺がちょっと言ったろか？」

「やめて」

「いや、せやけど」

「本当に、やめてね。心配してくれるのは嬉しいけど、余計なこと言ったら怒るから」

ね。なんていうか、どちらかというと私の方の問題なんだ。父様は、悪くないの」

拒否は思った以上に強く、なのに言い切った後はひどく頼りない。儚《はかな》げな笑みになんと返せばいいのだろう。気の利いた言葉は浮かばなかった。

「それにね。また依頼があったみたいだから、あんまり負担をかけないであげて欲しいの。今度は幽霊とかで、明日も夕方くらいに出かけるって」

「そっ、そか」

そう語る姿はひどく寂しそうだが、どう慰めてあげればいいのか。

まごついているうちに野茉莉は客に呼ばれて「ごめんね、平吉さん」と笑顔で元気よく離れていった。

惚れた女を慰めてもやれない。一人残された平吉は情けなさに大きな溜息を吐き、ちらと視界に入った小忙《こぜわ》しく働き続ける甚夜へ声をかける。

「なあ」

「どうした」

「いや、なんや、幽霊の依頼を受けたって聞いたんやけど」

本当に聞きたかったことは聞けず、誤魔化しに先程の野茉莉が言っていた話を持ち出す。一応は付喪神《つくもがみ》使い、三代目秋津染吾郎の弟子だ。周囲に気遣いつつ問えば、甚夜はこの手の事件を隠したりはしない。依頼人の名前や詳細までは望めないが、あらましぐらいは教えてもらえる。

「ああ、毎夕現れるらしい」

「ふうん。あんたもようやるわ」

「まったくだな」

失礼な物言いをしても怒りもしない。今まで鬼は鬼というだけで罪深いと思っていた。なのにこいつは落ち着いていて、尊敬する師の親友で、怪異を討ち、人の親でもある。こういう奴だから平吉は戸惑ってしまう。

「あんたは」

人を殺したいとは思わないのか。

問おうとして、言葉にできなくて押し黙る。さすがに店で聞くような内容ではない。殺伐とした質問の代わりに、平吉は甚夜の仕事ぶりをぼんやりと眺める。鬼のくせによく働く。三代目秋津染吾郎をして「やりあったら勝敗は読めん」と言わしめる実力者でありながら意外なほど真面目だ。そういう男でも、娘とは上手くやるのは難しいのだろうか。

甚夜を責めようとすれば野茉莉は怒った。今はぎくしゃくとしているが、彼女は決して父が嫌いになったわけではないのだ。なのに親娘は、どこか擦《す》れ違ってしまっている。

十七になったばかりの、まだまだ経験の足らない自分では解決策が浮かばない。

結局平吉にできるのは、伸びてしまった蕎麦を啜《すす》るくらいのものだった。

◆

「野茉莉、では行ってくる」

「うん、ちゃんと留守番してる」

「いつもすまないな」

「べ、別に。大丈夫だから」

三橋豊繁の依頼を受けた翌日、甚夜は早めに店を片付けた。噂の子供の幽霊は三橋屋の閉店間際に現れるという。そろそろいい頃合いのはずだ。見送ってくれる野茉莉との会話はやはりぎこちなく、それでも娘の目は不安げで父のことを案じてくれているのだと分かる。ならば、それで十分だ。

『女の子は難しいですね、旦那様』

野茉莉が部屋へ戻った途端に腰の刀が声をかけてくる。鬼の血を練り込んで鍛え上げたという妖刀、夜刀守兼臣である。特殊な経緯で甚夜の手元に舞い込んだこの喋る刀は、どういうわけか甚夜の妻を自称していた。

「それは同意するが、誰が旦那様か」

『何を言うのです。口説いたのは貴方様でしょうに』

「だから、そういうつもりではないと」

いくら言っても兼臣は話を聞かない。冗談なのか本気なのか、旦那様という呼び方を改めるつもりはないようだ。ただ彼女にからかう気持ちはなく、根底には感謝があると知っている。だから最後には押し切られ、なし崩し的にその呼び方を認めてしまっているのが現状だった。

「お前を連れていくわけにもいかんか」

『ええ、残念ですが。妻として留守を預かるとしましょう』

廃刀令が敷かれた今、三橋屋を訪ねるのに帯刀していてはまずい。幸い今回は、さほど危険な依頼でもない。

甚夜は腰の二刀を部屋に置き、気を取り直して店の外へ出る。すると店先には見知った顔。染吾郎の弟子が、なんとも居心地悪そうに佇《たたず》んでいた。

「宇津木か。何か用か」

「お、おお。まあ。そないなとこや」

歯切れが悪いのはいつものことなので、あまり気にはしない。この青年は鬼嫌いを明言しており、甚夜に対して小さな頃から敵意をむき出しにしていた。今では多少それも収まり、少し接するくらいはできるようになった。それでも考えを改めたわけではない。人に紛れた化け物に引っ掛かりはあるのだろう。

甚夜の方には別段含みはないため、普段ならば若干の敵意を感じつつも会話に付き合うのだが、さすがに今日は間が悪い。

「すまないが、今日はもう店を閉めた。先約もある、日を改めてもらいたい」

どのような内容であれ依頼は依頼、約束を違《たが》えるような真似はしたくない。だから初めに断りを入れたのだが、それを受けた平吉は、なにやら言い辛そうにもごもごと口を動かしている。

「あ、いや。どっちかとゆうと、そやから来たんやけど」

「どういうことだ？」

追及すればまた黙ってしまう。しかしそのままではいけないと思ったのか、

「なあ。俺も、ついてってええか？」

平吉は不貞腐《ふてくさ》れたようにそう言った。

2

平吉にとっての転機は、秋津染吾郎との出会いともう一つ、小さな女の子の存在だった。確か声をかけてきたのは彼女の方からだった。

その時どんな対応をしたのかは、あまり覚えていない。ただ、師は「野茉莉ちゃんは礼儀正しいなぁ」と褒めていたような気がするから、多分こちらは褒められた態度ではなかったのだろう。

『はじめまして、えっと』

『……へいきち。宇津木、平吉』

『平吉さん、よろしくお願いします』

最初は、可愛いくらいの感想だった。次は嫌な気分になった。なにせ鬼に育てられた娘だ。とても普通の目では見られなかった。

『甚夜、きつね蕎麦な』

『少し待ってろ』

師はここのきつね蕎麦が気に入っているらしく、よく食べにくる。連れられて来れば、当然あの娘とも顔を合わせる回数は増えた。

『秋津さん、平吉さん』

『おお、野茉莉ちゃん。お邪魔すんで』

『……ども』

昔は小学校に通っていて店にいるのは休みの時だけだったから、それほど手伝いはしていなかったと思う。それでも記憶を辿れば「父様父様」とついて回っている光景が一番に浮かぶくらい、あの娘はとても父親に懐いていた。

大嫌いな鬼の店で食べる鬼の手作りの蕎麦。味は悪くなかったが、それを知られるのが癪《しゃく》でいつも視線をそらしていた。そういう時は、店内にいる彼女をなんとなく見る機会が多かったような気がする。

鬼が嫌いだった。だから鬼を慕う彼女も、初めは好きではなかった。鬼は人を踏み躙《にじ》る。なのにあの鬼は間違いなく娘を大切にしていて、そんな父親をあの娘は慕っていた。その事実に天地がひっくり返るくらいの衝撃を受け、当たり前のはずの図式とは真逆の父娘を、気付けば目で追って観察していた。

鬼が嫌いなのは今も変わらないが、それでもあいつがどんだけ娘を気にかけているかは知っているし、彼女がどれだけ父親のためにと考えてきたかも知っている。ずっと見つめていたから、彼女の純粋さや可愛らしさを幾つも見つけた。

『どうしたの、平吉さん？』

　そうして、ふとした瞬間はたと目が合うから、生意気な小僧にも分け隔てなく接する可愛らしい女の子に、幼い宇津木平吉は心を溶かされてしまったのだ。

　こうして繋いだ縁から、平吉は甚夜の後についていくことになった。

「あぁ、葛野さん！　おや、そちらのお連れさんは？」

　三橋屋の暖簾をくぐると快活な声が迎えてくれる。直接の面識はなかったが、甚夜が言うには豊繁の妻である朔《さく》は、夫とは正反対の強気な女性だそうだ。「朔なのに陰ったところを見たことがない」とは夫の言で、実際いつ店を訪ねても彼女は明るくはきはきと接客をしているらしい。呑気な豊繁とは真逆だが案外と相性はよいらしく、夫が尻に敷かれているようで互いに惚れ合った仲の良い夫婦だった。

「どうも、お朔さん。こっちは、まあ常連の客で」

「あら羨ましいわ。うちにも葛野さんとこみたいに、沢山の常連さんができたらええんやけど」

「なにを。まだまだこれからでしょう」

　朔は朗らかに笑う。平吉はそれを黙って見ているが、鬼が普通にご近所付き合いしているというのは、寄せ絵を見るような奇妙さを感じてしまう。

夕暮れに現れる幽霊の調査に同行したいと頼めば、甚夜は多少の迷ったそぶりを見せたものの特に苦言を呈するでもなく受け入れてくれた。それも不思議といえば不思議だ。普段の態度を顧みれば、断られてもおかしくないと思っていた。

「饅頭を四つ、いや五つ包んでもらえますか？」

「はい、毎度あり！　二銭ですね」

「五厘足りないのでは？」

「おまけですよ。また今度、野茉莉ちゃんとうちに来てもらおうって魂胆です」

「なら、ありがたく」

「野茉莉ちゃんみたいなええ子、なかなかおらんのですから、優しくしたってくださいね」

「ええ。それは、勿論」

朔は鬼の親娘を随分と気に入っているようだ。からかうような物言いもしっかり受け取るあたり、甚夜も同じなのだろう。

「なぁ、なんで饅頭？」

これから怪異の調査に向かう。だというのに甚夜は饅頭を買い、そもそも腰に刀を差してもいない。

「それに、刀も持ってへんし」

「今回は必要ないからな。饅頭があれば事足りる」

それはどういう意味か。さらに問い詰めようとしたが、店の奥から出てきた豊繁に機を奪われる。そろそろ夕方、店を閉める頃合いだった。

「おお、葛野さん。来てくれはったんやな」

「約束ですから」

「はは、助かるわ。ほんなら俺は店の片付けするから、後は頼むわ」

件《くだん》の幽霊はいつも三橋屋には入らず、片付け途中の豊繁に声をかけるらしい。おそらく今日も同じような形で姿を現すはずだ。

甚夜に従い平吉も通りの隅で三橋屋を注視する。店から離れる時に、夫婦の剣呑《けんのん》な会話が聞こえてきた。幽霊の調査を依頼したことは妻に言っていなかったらしい。妻がいる身では、金を払ってでもという依頼は知られたらまずいのだろう。

言い争いがひとしきり終われば片付けも進み、ようやく暖簾を下ろすところまできた。すると、どこから現れたのか。注視していたにもかかわらず、いつの間に童が現れ、豊繁の袖をくいくいと引っ張っていた。

「……幽霊」

平吉の呟きには反応せず、甚夜はただじっと彼らの遣《や》り取りを観察している。視線に敵意はない。本当にただ見ているだけだ。

「おまんじゅう、買いに来た」

金を払って饅頭を買う。暖簾を下ろす時刻になって買い求めるという点以外は、特に気になるようなところはない。

だが、去っていく子供の姿に平吉は目を見開いた。饅頭の包みを抱えて小走りに通りを行く子供は、瞬く間にいなくなった。視線は一度も逸らさなかったのに足取りは追えなかった。幽霊に相応《ふさわ》しく、ふっと煙のように跡形もなく消えてしまったのだ。

「さて、行くか」

同じものを見ていたはずの甚夜は、大して動揺していなかった。消えてしまった幽霊の足取りを追う方法など平吉には思いつかない。しかし、この鬼の歩みには一切の迷いがない。それでいて急ぐでもなく、まるで散歩に出かけるような気楽さだ。

「ちょ、待てや。行くって、どこに」

「無論、あの幽霊の処へ。染吾郎に相談をして、昼間のうちに当たりはつけてある」

事もなげに言ってのけるものだから、平吉はあんぐりと大口を開けた。それが同道を断らなかった理由かと、今さらながらに気付いた。

「やはりこの手の話では、あいつが誰より頼れるな」

「もしかせんでも、やることなんも残ってへん？」

「そうでなければ、さすがに連れてはいかない。後は、こいつで終いだ」

そう言いながら甚夜が、無造作に饅頭の包みを示してみせた。

刀を差していないのは危険など微塵もない証拠だ。必要なことは全て調べ終え、解決策も準備済み。つまり下手を打っても平吉には危害が及ばないと踏んでいたからこそ、ついていくことを認めたのだろう。

「初めに言うといて欲しかったわ」

「そいつはすまない」

口をついて出た文句も悪びれない態度に流されて、平吉は不満を露《あら》わに顔を背ける。それが自分でも拙《つたな》いと感じられてしまう。

「やっぱり俺、あんたのこと嫌いや」

「知っているさ。で、用件はなんだ？」

「へ？」

「嫌いな鬼にわざわざついてくるのだ。まさか物見遊山ではあるまい」

ぐっ、と言葉に詰まる。確かについていきたいと言ったのは平吉だし、勿論遊びのつもりではない。しかし今回の行動はほとんど衝動的なもので、明確な考えに基づいていたわけでもなかった。改めて聞かれると答えに窮してしまう。

野茉莉との関係に一言いってやりたかった、悩んでいる彼女の力になりたかった。鬼を討つ鬼への依頼に純粋な興味があった。自身の考える鬼とはかけ離れたこいつを見定めたかった。ここに至った要素は幾つもあるが、どれも決め手に欠ける。苦し紛れの返事は、ひどく曖昧なものになってしまった。

「それは、やな。なんや、俺もよう分からん」

「そうか」

はっきりとしない物言いを追及されるかと思ったが、甚夜は気にせず通りを歩いていく。軽すぎる対応にこちらが困ってしまうほどだった。

「なんで」

「一から十まで理屈をつけて動けるほど明瞭な生き方は中々できないな」

まるで自分がそうだと言うように、彼は頼りなく笑みを落とす。その表情は人を踏み躙《にじ》り暴虐の限りを尽くす鬼のものとはかけ離れすぎていて、困惑はさらに強くなる。

本当に変な鬼だ。平吉は前を行く背中に、奇妙さとほんの少しの感謝を覚えた。

京都の東の玄関口、粟田口《あわたぐち》。

「京の七口」の中でも、東海道・中山道《なかせんどう》を通じて東国へ繋がるとりわけ重要な出入口である。繋がる三条の通りは大層な賑わいを見せるが、甚夜らは喧騒から離れるように歩みを進める。裏に分け入れば華やかな通りとは打って変わった、静けさの漂う細道へ。そこを通り抜け、さらに距離を進めばしっとりとした夜の京の姿がある。

裏通りの粟田口に程近い辺りに、彼らは小さな影を見つけた。虚ろな独特の気配を持った子供、件の幽霊だった。

「あいつ……！」

平吉が視線を強めれば、その瞬間に消えてしまった。それでも甚夜は慌てもせず、幽霊のいた方へ向かう。もしかして自分が反応したせいで消えたのだろうか。平吉も今度は黙って後ろについていった。

辿り着けば足を止め、甚夜はじっと奥の建物を眺めている。そこには住宅の隙間にかろうじて収まるような、朱色の禿げた小さな社《やしろ》があった。

「ここは？」

「塞《さい》の神を祀《まつ》った社だ。廃れて誰にも管理されず、さりとて壊すのも気が引けて放置されてはいるがな」

社には結構な大きさの、細長い石が安置されている。

塞の神は道の神。集落や家に不吉なものが入り込むのを邪魔する、通り道を塞ぐ神だ。故に集落などの玄関口に祀《まつ》られることが多い。この社も、そういう粟田口を守護する神であった。ただ粟田口には、厄除け・病除けの神が鎮座する粟田神社がある。石をご神体とする小さな塞の神はさほど重要視されず、次第に追いやられて今では町の片隅にひっそりと姿を残すのみだ。

「必要とされなくなった道の神。塞の神は〝塞ぐ〟ことから良縁や妊娠、出産を祈る神でもある。おそらく、この社は子宝の祈願が主な役割だったのだろう」

「お、おう？」

塞ぐどうこうの意味はよく分からなかったが、場数を踏んだ鬼には重要な点だったのだろう。そう思い黙っていると、何故か優しい目を向けられた。

「しかしそれもいつしか忘れ去られ、こうしてひっそりと街の片隅にあるばかり。だから子供が母の世話をしていた、というところか」

「子供って、あの幽霊？」

「あれは幽霊ではなく、想念が凝固して生まれたあやかしの一種だ」

鬼のようにおどろおどろしくはないがな、と甚夜が自嘲交じりに付け加える。

「子供が欲しい、だけど生まれない。せめてもの救いを求め神仏に縋《すが》る。些細な不満も積もり積もれば力を持ち形となる。つまりあれは、子を望む母の想いが形となった塞の神の子供だよ」

だから刀は必要なかった。怪異の類には違いないが危険はない。あれは「子供が欲しい」という想いだ。単体で何かを為せるほどの力はなく、そもそも何かに危害を加えようという発想がない。できることもしたいことも、子供として母を大切にしたいくらいのものだという。

「ほんなら、饅頭って」

「言葉の通り母のために買ってきていただけ。人でもあやかしでも、自分を産んでくれたものに感謝くらいはするさ」

見れば社には饅頭が供えられている。平吉達が持ってきたものと同じ、三橋屋の品である。あの幽霊は、塞の神の供え物として毎夕饅頭を買い求めていたのだ。

「見たところあやかしとしての力は薄い。時が流れればいずれは霧散するだろう」

「そう、なんか？」

「ああ。なにより母のために饅頭を買ってくるいい子だ。放っておいたところで問題はない」

甚夜が饅頭の包みを広げて塞の神に供える。三つは母親に、二つは子供に。せっかくだから親子仲良く食べてくれればいいと、鬼らしくない冗談まで口にする。

平吉は奇妙な視線を感じ、ふと辺りを見回す。物陰にはこちらを覗く幽霊がいた。いや、塞の神の子供だったか。彼は甚夜にぺこりと頭を下げ、ありがとうと伝えるように初めてにっこりと笑った。そして次の瞬間には、やはり煙のように姿を消していた。

「さて、これで終いだ。帰るぞ」

「ん、おお」

礼を受け取って、鬼の顔も和らいだような気がする。けれど瞬きの後には普段通りの表情に戻り、やるべきことは終えたと甚夜は社を後にした。

平吉も慌ててそれを追う。行きも見た背中は何故か先程よりも優しい、父親を思わせる風情だった。

しばらくは無言で歩いていた。

人気《ひとけ》の少ない裏通りでは音が聞こえない分、沈黙がやけに重く感じる。

「俺、な」

耐えられなくなったというわけではない。ただ自然と言葉が出てきて、気付けば平吉の方から話しかけていた。

「あんたは鬼を討つって聞いてたから、もっと乱暴な真似してるんやと思ってた」

今回も幽霊を斬り伏せるものだと思っていた。だが、実際は饅頭を置いて帰っただけだ。母を想う子供が相手だったとはいえ、平吉の想像する鬼の振る舞いではなかった。

「幽霊も、斬って終わらせるもんやとばっかり」

「実際そういう場合も多い。ただ必要であれば誰でも斬るが、そうでなければ誰も斬りたくない。余計な荷物を背負い込めるほどの余裕はないんだ」

その物言いは、奪った命を重いと考えている証拠だ。幼い頃、鬼は父母の頭蓋を潰した。平吉にとって鬼はそういう、人にとって害にしかならない化け物だった。なのにこの鬼はどうして。

「それに本音を言えば、子供を斬るのは苦手だ。昔は、もう少し冷徹になれたはずなのにな」

自身の変化に戸惑いつつ、そうあれる今が嬉しくもある。そう語る笑みは言葉面とは裏腹に柔らかい。

甚夜の過去を知らない平吉でさえ理解できる。子供を斬るのが苦手な理由なんて今さら口に出すのも野暮だと、お互い再び押し黙り夜道を歩く。

沈黙が軽くなったのは、たぶん気のせいではなかった。

家族を想う心は、人も鬼も変わらないのか。

結局、幽霊の依頼は大した騒動もなく終わった。強いて何が起こったかを語るならば、付喪神使いの弟子が鬼の弱さを知ったくらいのものだろう。

「……そうか。いや、すんまへんなぁ、葛野さん。すっかりお世話になって」

「別段大したことはしていませんので、依頼料は結構です。ただ、これからも時折来るでしょうから」

「ああ、その時はちゃんと迎えてやるわ」

桜の季節も過ぎ、相変わらず三橋屋の客足はよろしくない。ただ、常連客が一人増えた。今までのように毎日現れることはなくなったが、時折閉店間際に母のために饅頭を買い求める子供がいるそうだ。

塞の神の社には、よく饅頭が供えられるようになった。いつの頃からか社は「饅頭を供えると子宝に恵まれる」と語られ、妙齢の女性には人気の場所となる。何故か六尺近い偉丈夫《いじょうふ》や十七歳ほどの青年の姿も、たまにだが見られるらしい。

　こうして三橋屋の幽霊の話は一段落がつき、多少の変化はあるが騒動は収まった。

「てんぷら蕎麦、おまち」

　だからと言って平吉の日常は何も変わらない。野茉莉を目当てに蕎麦屋へ通い、鬼のことは相変わらず憎いままだ。父母の仇を易々と許す気にはなれないし、頼むのはいつもと同じてんぷら蕎麦だ。

「なんやすまんかったなぁ、甚夜。平吉がお世話になったみたいで」

「なに、お前には普段助けられている。ここらへんで多少は借りを返しておかないとな」

「そない気にするようなことちゃうと思うけどなぁ。ま、ほんなら素直に受け取らさしてもらうわ」

「そうしてくれ。しかしお前も相当だな」

「あらら、お見通し？」

　染吾郎が甚夜と雑談を交わしながら、いつものようにきつね蕎麦を啜《すす》る。仲がいいからか、主語を省いてでも二人の会話は成立してしまう。そのせいで、聞いていても平吉には理解できないことが多い。言外の意味に気付くには、まだまだ経験が足らなかった。

「かけ一丁。野茉莉、これを頼む」

「うん」

まだ親娘の遣り取りはぎこちない。最近では見慣れてしまって、その光景も日常といえなくもなかった。それでもちらりと見て気にしてしまうのは、野茉莉に肩入れしているからか、あの鬼の父親としての顔に触れたからか。

「あ、平吉さん。お茶のおかわりどうぞ」

「お、おう。なんやいつも気ぃ遣ってもらってすまんな」

「今さらでしょう？」

くすくすと微笑む彼女にどぎまぎしてしまうのも同じだった。昔からこの笑顔にはいつだって負けてしまう。

「あ、そういや昨日、あいつの、野茉莉さんの親父の依頼についてったんやけど」

「えっ」

驚きに野茉莉は目を見開く。普段の平吉を知っていれば当然だろう。

「ど、どうだった？」

「なんやろ、まあ特にはなんもなかったわ」

「そっ、か」

「せやけど、あれやな」

つまり、多少の変化はあれど宇津木平吉は何一つ変わらず、好きな人の前では緊張するし、嫌いな奴には悪態をついてしまう。何かを経験したとして、人間早々変われるものではないのだ。

ただ、それでも。

「あいつ、ほんまに娘大好きの親馬鹿なんやな、ゆうのは実感できたわ」

母に供えた饅頭の分くらいは優しくなれたかもしれない。

夏宵蜃気楼《なつよいしんきろう》

1

明治十一年（1878年）・七月。

宇津木平吉は東京から京へ戻ると、いの一番に師のもとへと向かった。

「お師匠、ただいま戻りました」

秋津染吾郎の仕事場は、京都三条にある自宅の一室である。金工《きんこう》であった初代染吾郎と違い、三代目の彼は木彫りの根付《ねつけ》の製作も行う。今では根付職人として認知されているほどだ。

金工の技術は二代目染吾郎から学んだと聞いている。師は小器用で、金属製の櫛《くし》や簪《かんざし》を造らせても一級品ができ上がる。しかし本人は温かみのある木彫りの方を好むらしく、金属製の櫛よりも根付を造る方が多い。近頃は年老いて体力がなくなってきたせいか、その比重はさらに傾いていた。

「おう、平吉」

既に五十近い年齢だが、その手捌《てさば》きは見事というしかない。合透《あいすき》、小刀、剣先、丸刀。次々に彫刻刀を持ちかえ、何でもない木片を芸術へと変えていく。染吾郎に師事してから随分と経つが、平吉の技術では足元にも及ばない。制作風景を見る度に、師に対する羨望と自身に対する落胆を覚えてしまう。

もっとも、平吉は「秋津染吾郎」の付喪神《つくもがみ》使いとしての一面にこそ重きを置いている。落胆の理由は「まだ自分には強い付喪神を作ることができない」というところにあった。

「どやった、東京は？」

「やっぱり様変わりしてました。新しいもんもいっぱいあって。あんぱんゆうの食べましたよ」

「そかそか、楽しんできたようで何よりや」

平吉が長く京都を離れたのは、染吾郎に頼まれて東京の商家に根付を納品するためだ。明治に入って十一年。江戸は東京と呼ばれるようになり町並みも随分と変わった。

おそらく師は、息抜きがてらに仕事を任せてくれたのだろう。

「ところで、それなんや？」

染吾郎に指摘されて平吉は言葉に詰まった。傍らにある包みの中には、不本意ながら土産の品がいくらか入っていた。

「あ、ええと、東京の店でですね、櫛とか根付とかもろてきました。その、女の子に似合いそうなやつ」

「もろてきた？　買《こ》うたんやのうて？」

「はあ。師匠の馴染みの蕎麦屋の話しとったら、なんでか店主の話になって、いつのまにやら野茉莉さんの話になって、そしたらなし崩しに」

つまり押しに負けて色々ともらってきたのだ。余計な金を払わされたわけではないが、物が物だけにあまり嬉しくはなかった。

「平吉ぃ、秋津染吾郎の弟子なんやったら、野茉莉ちゃんへの贈り物ぐらい自分で作らな」

「俺もそういうのは作れますってゆうたんですけど、いいからいいからて店の女の人が無理矢理」

「あぁ」

あたふたする平吉の姿が目に浮かんだのだろう。呆れながらも「仕方ない」と染吾郎は一度頷き、からからと笑う。

「ま、もろたんやったら渡してきい。きっと、その櫛やら根付やらは野茉莉ちゃんとこに行きたがってるんやろ」

「行きたがってる、ですか？」

意味がいまいち分からず聞き返すと、染吾郎は父親のような顔をした。

「そ。物には収まり所ゆうもんがある。その人の手に渡るのは偶然やなくて、物がそこに行きたいと願ったからや。その子らも、そういう誰かを探してここに来たんかもしれへんなぁ」

平吉は眉を顰《ひそ》めた。これでも秋津の弟子、物に魂が宿るというのは分かる。だが、付喪神になるような器物ならともかく、普通の小間物が持ち主を選ぶと言われても今一つ腑に落ちない。

「そういうもんですか」

「そういうもんや。想いは巡り巡って、最後には帰りたい場所に還るもんやと僕は思うな」

幾度となく聞かされてきた言葉に、それでも首を傾げてしまうのは実感が湧かないせいだ。納得し切れないでいると染吾郎が苦笑を零《こぼ》した。精進が足らないと思われているのかもしれない。

「まあ、いつか分かるわ。ほんなら、そろそろ飯時やし行こか」

「あ、はい」

適当なところで話を切り上げ、二人は昼飯を食べに向かう。特に何も言わなくても行き先は鬼そばになった。普段ならばともかく、土産がある今日は平吉も早く行きたいと考えていた。平静を装ってもはやる内心は隠せなかったようで、師に笑われてしまったのは言うまでもない。

◆

野茉莉は今日も、いつものように父の手伝いをしていた。

昼の蕎麦屋は忙しい。ひっきりなしに客が来て、父はせわしなく手を動かしている。汗一つかいていないが、疲れはしないのだろうか。

横目で様子を見ても疲労の色はない。というより父は普段から無表情で、苦しんだり悲しんだりを表には出さない。骨が折れても平然としているのだから、疲れていても周囲に覚《さと》らせるような下手は打たないだろう。それが寂しいとは目の前では言えなかった。

視線に気付いていたのか、昼の混雑が一段落ついたところで父が口を開く。

「どうした、野茉莉」

「ううん、なんでもない」

返せたのは味気のない誤魔化しだ。野茉莉は対応のまずさに落ち込んでしまう。

小さな頃は仲が良く、父は客にからかわれるほど親馬鹿で、彼女はそんな父が大好きだった。一緒の布団で寝て、朝起きる時は父に起こして欲しくて寝たふりをしていた。けれど今では、そういった機会もなくなり会話も少なくなった。

嫌いになったわけではない。不器用であっても頑固ではなく、人の話をよく聞いてそれを受け入れてくれる優しい父親だ。今も間違いなく尊敬しているし、支えてあげたいとも思う。

なのに時々息が詰まる。父の言葉が妙に苛立たしく、いざ目の前にすると何を話せばいいのか分からなくて結局は黙り込んでしまう。それが情けなくて、野茉莉は父には見えぬよう顔を背けて小さく溜息を吐いた。

「らっしゃい」

暖簾《のれん》が揺れて父の声が店内に響き、ようやく野茉莉は意識を取り戻す。遅れて挨拶をしようと思ったが、それよりも早く客の方が口を開いた。

「野茉莉さん！」

「平吉さん、お帰りなさい」

見慣れた顔に安堵する。そういえば彼は仕事で東京に行っていたらしく、店に来るのは久しぶりだ。

野茉莉は幼い頃に東京、正確には江戸で過ごしていた時期がある。懐かしい土地へ仕事とはいえ行ける彼を、本人には何も言っていないが羨ましくも思った。

「甚夜、きつね蕎麦な」

後から入って来たのは、彼の師である秋津染吾郎だ。結構な年齢なのだが相変わらず朗らかな人で、印象だけで言えば父の方が年老いているように見える。

「ああ、宇津木はどうする」

「ん、てんぷら蕎麦」

父と平吉は微妙に仲が悪い。これでも以前よりは大分打ち解けたのだ。

幼い頃の野茉莉は、平吉に対してあまり良い感情を持っていなかった。父にひどいことを言う嫌な男の子、それが第一印象だ。しかし彼はなんだかんだで野茉莉のことを気にかけ、ゆっくりではあるが態度を改めて父とも喋るようになった。今ではそれほど嫌ってはいない。年齢も近く、いい友人と言える関係を築いていた。

「お仕事、お疲れ様でした」

席に座った二人へ茶を運びがてら声を掛ける。平吉は嬉しそうに頬を緩ませた。彼は昔から慌てやすいというか、落ち着きのないところもある。けれどそれ以外は気のいい青年で、野茉莉としても接し易い相手だ。店が暇な時は、こうして雑談を交わしたりもする。

「ゆうても、物見遊山みたいなもんやったけど」

「そうなの？」

「名物とかも食べたしな」

「へえ、いいなぁ」

会話は和やかに進む。秋津さんも父となにやら話をしているようだ。小声のため聞き取れないが、父の顔が曇った。重要な話で聞いても答えてくれないのだろうな、と野茉莉は思った。

「野茉莉、できたぞ」

「あっ、う、うん」

胸の痛みに反応が遅れた。慌てて蕎麦を二人の前に運ぶ。

なぜ父の手が届くところに座っているのに、わざわざ運ばせたのだろう。そう考えていると、やけに硬い動きで平吉が立ち上がる。そして若干声を上ずらせ、小刻みに震える手で包みを差し出した。

「あ、そ、そや。野茉莉さん、これ。あぁ、おみやげ！」

「え、私に？」

照れているのか顔は赤い。幼い頃の平吉は喋るのが苦手で、どもることが多かった。最近はそれも減ってきたと思っていたが、今の様子は以前の彼のようだ。久しぶりの慌てた様子が面白くて野茉莉は小さく笑う。恥ずかしかったのだろう、平吉はさらに顔を赤くしていた。

「櫛とか、根付とか、その、いろいろあるから見たって！」

「ありがとう、開けちゃっていいのかな？」

こくりと頷き恥ずかしさを誤魔化すように顔を背けてしまう彼は、年上だがどこか幼く可愛らしい。

もう店には他の客もいないし、卓の上で包みを広げてみる。包みの中には櫛や木彫りの根付、他には簪などが八つもある。この手のものに詳しいわけではないが、素人目に見てもそれなりの値段がするのだと分かる精巧な品々だった。

「わぁ、綺麗。でもこんなにいっぱい、なんだか悪いな」

「気にせんでええよ、元々もらいもんみたいなもんなんや。大体俺は使わんもんばっかりで、受け取ってもらわな逆に困るしな」

押し付けるような勢いで捲《まく》し立てられるが、いらない物とはいえ高価なものを受け取っていいものか。戸惑った野茉莉が視線を泳がせていると、染吾郎と目が合った。やはり弟子が心配なのだろう。口には出さないが、もらってやってくれと顎で合図をされた。

「平吉ぃ、もうちょい落ち着かな。だいたいもらいもんとか言わんでええやろ」

「嘘を吐けない証拠だろう。緊張は、まあ仕方あるまい」

「なんや、甚夜って案外平吉の側に立つんやな?」

「というより、手慣れた振る舞いで近付かれる方が親としては心配になる」

「おぉ、そらそうか」

大人達は何かこそこそと話している。野茉莉はどうすればいいのか分からず、父へと視線で助けを求めた。断ることになるかもしれないが、それはそれで仕方がない。

「せっかくだ、もらえばいいだろう」

意外にも返事は肯定的だった。

ああ、まただ。何気ない言葉がちくりと刺さるのは何故だろう。

「ここで断られても宇津木が困るだけだ」

「そ、そうそう！　俺が持っててもしゃあないし、野茉莉さんがもろてくれたら嬉しい！　あ、いや、この櫛たちも嬉しいと、思うん、やけど」

高価な品々をただでもらうのはやはり気が引けるが、もらわないのも逆に失礼なのかもしれない。

「じゃあ、もらっちゃうね。ありがとう、平吉さん」

平吉は顔を明るくして何度も首を縦に振る。そうまで喜んでくれるのなら、やっぱりこれでいいのだろう。野茉莉は微笑みながら沢山の土産を受け取った。

二人の遣《や》り取りを暖かく眺めている大人二人。染吾郎はにやにやと、父も普段より幾分穏やかだった。

ちくり。

なのに、野茉莉は苛立っている自分に気付いた。

夕食を終え、片付けを済ませてから自室に戻る。

部屋にある小さな机には、今日もらった土産が置かれている。美しい櫛や簪、愛嬌のある木彫りの根付など魅力的な小物ばかりだ。見るからに高そうな品もあったため気後れはしたが、野茉莉もこういう類のものは決して嫌いではない。もう一度平吉に心の中で感謝し、もらった品々を眺める。

だが、途中で表情が曇ることになった。土産ではなく、机の上に置いたリボンが理由だった。子供の頃、父に買ってもらった桜色のリボンだ。浴衣《ゆかた》と一緒に買ったそれは、今でも髪をまとめるために使っている。最後に父と買い物へ行ったのはいつだったろうか。記憶を辿っていくがすぐには思い出せず、野茉莉は思考を放棄した。どうでもいいと自分に言い聞かせ、行燈《あんどん》の火を消してから布団にもぐる。目を瞑《つぶ》れば眠気が襲ってきて、ほどなくして意識は途切れた。

その夜、野茉莉は夢を見た。

ちらりとかすかに雪の降る中を歩く。流れていくのは、懐かしいような見慣れないような、違和感のある景色だ。体は動いている。自分の意思ではなく勝手にだ。

『どうした』

手を握る父が優しく声を掛けてくれる。

そこで夢だと自覚した。今では、こんな風に手を繋いで歩くことなんてできない。

体が自由にならないのは、自分が夢の登場人物で、夢に沿って動いているからなのだろう。

『ううん、なんでもない』

それでも少しいい気分だった。夢だからこそ気兼ねなく、まるで幼い頃のように父を慕える。久しく感じていなかった穏やかさだ。

親娘で並んで通りを進み、どこかで見たような川に架かった橋を渡る。次第に見えてきた建物が目的地だ。覚えのある蕎麦屋だが、鬼そばではない。父に手を引かれ、店の暖簾をくぐる。

『らっしゃい、旦那』

野茉莉は驚きに目を見開いた。快活な笑みで迎えてくれたのは記憶の片隅にある、あやふやになってしまった輪郭だ。その男性を懐かしいと感じる。

『あら、いらっしゃいませ、甚夜君』

次いで出てきた、すらりとした立ち姿が印象的な娘にもやはり見覚えがあった。

『どうかされましたか、甚殿？』

席に座り蕎麦を啜《すす》っていた、生真面目そうな武士が首を傾げる。

遠い記憶が蘇る。ここは鬼そばではなく、『喜兵衛《きへえ》』だ。店主におふう、直次。もう過ぎ去ってしまった、江戸で過ごした懐かしい日々だった。あの頃はまだ幼く、明確な思い出なんてない。なのに、何故今さらこんな景色を夢に見るのか。

『ふうん、その子があんたの娘？』

聞き慣れない声だった。品のいい赤い着物の、気の強そうな娘だ。懐かしい夢を見ているのだと思っていたのに、知らない顔が出てきて戸惑った。件《くだん》の女は、こちらの気持ちなど知らずに微笑んでいる。

「あの、貴女は？」

問いは、野茉莉の意思から零れ落ちたものだ。純粋に彼女が何者なのかを知りたかった。

「私？　私は……」

名乗ってくれたのだろう。だが、雑音に掻き消されて聞こえない。

もう一度聞き返そうとしても、被《かぶ》せるように娘が言う。

「よろしく、………ちゃん」

何故か、彼女が呼んだであろう野茉莉の名前もまた、雑音に掻き消された。

2

凛とした佇《たたず》まいを見せる青緑の竹林が、風に揺られてざあぁと鳴く。

嵯峨野《さがの》は桜や紅葉の時期は人通りも多くなって喧騒に包まれるが、少し時期を外せば清澄な風情漂う京の町を味わえる。まだ朝も早い。陽はようやっと昇り始めたばかりで、嵯峨野の竹林に足を踏み入れる者もいない。

薄明るい空の下、静けさが染み渡る竹藪《たけやぶ》の中で甚夜は佇む。右手には夜来、左手には夜刀守兼臣。二刀を手に構え、腰を落として周囲に意識を飛ばす。

ざわめくような葉擦れの音に紛れ、獣の呻きが聞こえた。竹林の陰から姿を現したのは、鮮やかな縞《しま》模様の獣だった。

「虎と竹林か。随分と趣のあることだ」

竹林の中に潜む虎は、水墨画などでしばしば見られる題材だ。風情はあるが、現状を顧みれば抱く感想としては間違いかもしれない。虎は明らかにこちらを見ており、今にも飛び掛かろうと地に爪を立てていた。

ひゅう、と風が裂けた。鞭を思わせるしなやかな筋肉が躍動し、巨大な四足獣はその大きさに見合わぬ速度で疾走する。爪も牙も生来のものだが、鍛えた刃に匹敵する凶器だ。突き立てれば人など一瞬で肉塊と化す。

甚夜は鬼、膂力《りょりょく》を競っても押し負けはしない。〈剛力〉を使えば肉塊になるのはあちらだが、敢えて剣で相対することを選んだ。

二刀を持って受けに回り、突進をいなしながら左に踏み込み、そのまま後方へと流す。手が少し痺れた。上手く捌けたかと思ったが、まだ無駄がある。さらに意識を研ぎ澄まし、次の手に備える。

ひゅるり、一羽燕《つばめ》が飛んだ。滑空する燕は空中で翻《ひるがえ》り、一直線に甚夜へと向かう。風を切る甲高い音、視認も難しい速度で燕が襲い来る。最高速に達したそれは刃と同じ。首を掻っ切ろうと飛来する。

構えを保ったままわずかに軸をずらし、最小限の動作で燕を躱《かわ》す。だが、息を吐く暇もない。次いで現れたのは三匹の黒い犬だ。雄叫びを上げて駆け出し、獣の群れが牙を剥く。

脅威と呼ぶには程遠い。踏み込むと同時に夜来を振るい、まずは一匹しとめる。動きは止めない。右足は軸、左足は半円を描くように後ろへ。流れのまま横薙ぎの一刀に繋げる。

夜来で二匹目を斬て捨てるも、体勢が崩れた。好機とばかりに再び燕が舞い、斬ったはずの犬も復元された。黒い犬は、ある程度の再生能力を有している。まともに相手をするだけ無駄だと、甚夜は刀を握ったまま左腕を突き出す。

「〈地縛〉」

四本の鎖がじゃらじゃらと音を立てながら空《から》を這う。〈地縛〉は鎖を造り操る異能、一本一本細やかな操作が可能だ。まずは犬を搦め取り、次は燕と虎の対処だ。

先ほどは刀を振るった後、少し体が流れた。大振り過ぎたのだ。だから今度は動きを修正する。摺足《すりあし》で位置を調節し、刃となった燕を見据える。速いが捉えられないほどではない。半歩左足を前に、肘を起点にあくまで小さくあくまで丁寧に夜刀守兼臣を振るう。

手応えは軽かった。燕を斬り捨てて滑らせるように右足で踏み込み、突進してくる虎の側面に回り込む。踏ん張ると同時に体を回し、二刀を上から下へ叩き付ける。

断末魔のうなり声を上げ、致命傷を受けた虎は地に伏した。巨躯《きょく》からは白い蒸気が立ち昇り、同じく燕も犬も溶けて消えて後には何も残らない。それを確認して、ようやく甚夜はふうと一息を吐いた。

「よっ、お見事」

竹林にぱちぱちと乾いた音が響く。そちらへ向けば、拍手をしながらのんびりと染吾郎が姿を現した。

「僕の虎の子が一発かぁ。ま、張子の虎やけどね」

燕、犬神、張子の虎。全て染吾郎の付喪神だ。鍛錬自体は普段から行っているが、今朝は染吾郎に付き合ってもらった。夜刀守兼臣を手に入れ、〈地縛〉を喰った。しかし二刀を扱う技術は身につけておらず、鎖での戦い方も知らない。そのため使いこなせるよう二刀での鍛錬を繰り返していたのだが、ようやく形になったので、確認がてら染吾郎に相手をしてもらった。

結果は中の下、といったところか。まだ拙《つたな》いが、使えないというほどでもない。これならば、実戦でもそれなりにはやれるだろう。

「悪いな、付き合わせた」

「気にせんでええよ。で、満足できた？」

「正直に言えば、多少不満が残る」

「んん？　僕、なんやまずかった？」

首を横に振って否定の意を示す。二刀の扱いはそこそこ、しかし引っ掛かるところもあった。自身の左手を眺めながら、甚夜は目を細める。引っ掛かりを覚えたのは

〈地縛〉に関してだ。

「地縛は六本、元々は七本の鎖を操ったと聞いた。しかし私では四本が限界、行動や力を縛ることもできそうにない」

「つまり、力が劣化してる？」

「ああ。こんなことは初めてだ」

例えば〈不抜〉は壊れない体を構築する異能だが、その代償として使用中は体を動かせなくなる。言い換えれば、完全に静止していなければ発動自体が不可能だ。ただ、甚夜は〈不抜〉を土浦のように上手くは使えない。力量こそ互角だったが、攻撃が当たる刹那を見切る目や身体操作が土浦に及ばないからだ。

だが〈地縛〉に関しては違う。元々は「七本の鎖を操り、鎖一本につき何か一つを制限する力」だった。だというのに今は「四本の鎖を操る力」になってしまっている。扱う側の技術の問題ではなく、力自体が弱まっているのだ。

「いや、別に不思議やないんちゃう？　地縛は元々マガツメの一部。ほんなら力もマガツメの切れっぱしみたいなもんなんやろ」

そうであれば大本を喰わない限り異能を十全には使えない、そう染吾郎は言いたかったのだと思う。口にしなかったのは、おそらくマガツメが甚夜の妹だと知ったからだろう。

「ならば考えても仕方ないか」

「そやね」

その心遣いに報いるためにも、礼は言わず刀を鞘《さや》に収める。肺に溜まった熱を吐き出し、息を整える。夏の空気をゆっくりと吸い込めば、少しだけ気分は楽になった。

「染吾郎、助かった」

「ええて、こんくらい。たまには僕も気合入れとかな、いざって時、戦えへんようなるし。ところで気になったんやけど。君、刀一本の方が強ない？」

痛いところを突かれてしまった。慣れてきたとはいえ二刀は付け焼き刃でしかなく、習熟の度合いは一刀が勝る。もっともな指摘を、甚夜は曖昧な返事で誤魔化す。

『何を言うのですか』

代わりに反論したのは、鞘に収められた夜刀守兼臣だ。甚夜の妻を自称するこの妖刀は、夫の足手まといのように言われるのが癪《しゃく》だったようだ。

『旦那様の努力をそのように軽んじるなど、秋津様は本当に失礼ですね』

「そやけど、正直ぎこちないとこあったし。今まで通りの方がええと思うけどなぁ」

兼臣からすれば気分は悪いだろうが、染吾郎は間違っていない。数十年の間、夜来一振りでの技を磨き、鍛錬も実戦も呆れるほどに繰り返してきた。対して二刀での鍛錬は一年足らず。今まで培ってきた技を超えられるはずもないと自覚していた。

「だろうな。私もそう思う」

「まぁ、君なら言われんでも分かってるわな。ほんでも二刀にこだわらんとあかんか？」

「ああ。私は南雲和紗の魂を喰らい、兼臣は新たな使い手にと望んでくれた。ならば筋は通さねばなるまい」

つまりこれは、単なる感傷に過ぎない。南雲和紗という女性については何も知らないが、彼女の刀であろうとした兼臣の心には触れた。何も守れず、明治という時代に取り残されながら、兼臣は最後まで我を張り通した。そういう女に「貴方を主に」とまで言わせた。ならば、その想いを軽んじ放り出すような真似はしたくなかった。

「せやけど、そのせいで君は弱くなっとる。不利を抱える理由にはちっと足らんのとちゃうか？」

なおも意見を取り下げないのは、純粋に案じてくれているからだろう。幾度も酒を酌み交わし、過去の因縁についても知っている染吾郎の配慮だ。

「それでも曲げられないものもあるさ」

甚夜は融通の利かない答えしか返せなかった。それも半ば予想はしていたのか、染吾郎は受け入れながらも呆れているようだった。

「刀と共にあった半生だ。ならばこそ、刀として生きた同胞の心を無下にすることはできなかった。私は、こいつに意味を与えられる男でありたいと思う。主を喰った以上、なおさらな」

強くなりたかった。それを全てと信じた頃もあった。目的に専心し、あらゆるものを斬り捨てられる。迷いなく刀を振るえる己でありたいと願っていた。けれど重ねた歳月と背負い込んだ余分に少しずつ刃は濁る。昔と今を比べたところで、それほど大きく変わったわけではない。ただ、大切にしたいと思えるものが増えただけだ。古きものが駆逐されていく明治という時代だからこそ、刀に生きた古臭い男として、刀であろうとした兼臣に意味を与えてやりたかった。

合理性の欠片《かけら》もない、意味のない感傷だ。しかしそういう道を選べるようになった自分は、そんなに嫌いではなかった。

『さすが、旦那様です』

「まだ言うか」

兼臣の声は満ち足りたものだった。傍から見れば下らない意地を捨て切れない無様な男だが、彼女も似たようなものだ。共感できる部分はあり、夫婦どうこうは冗談にしても喋る妖刀との相性は案外良かった。

「まぁ、君が頑固なんは知ってるけど。筋通して命落としたら笑い話にもならへんよ？」

「だから、こうやって死なぬよう鍛錬をしている」

何の気負いもない返答に、染吾郎が肩を竦《すく》めた。その振る舞いだけで胸中が読める。おおかた要らぬ苦労を背負い込む酔狂な男だとでも思っているのだろう。

「なんや、君って心底めんどくさい性格してんなぁ」

「どうやらそうらしい。まったく、難儀なことだ」

「いやいや、他人事過ぎるやろ」

甚夜からすれば、不合理を選ぶ愚かな鬼の友人でいてくれる染吾郎の方こそ酔狂だと感じる。道の途中、得難いものは幾つもあったが彼との出会いもその一つだ。退魔と鬼、殺し合う方が自然な両者は、一歩間違えて妙な縁を結んでしまった。普段は表に出さないが、その幸運に感謝をしていた。

「ま、君が納得してるんやったらええけど。きっと、兼臣の収まりどころはそこやったんやろ」

夜刀守兼臣を眺めながら、染吾郎が穏やかに目を細める。

「どういうことだ？」

聞き返せば、同じように聞き返した兼臣の声と重なった。その息の揃いようが面白かったらしく染吾郎は破顔する。

「物も、持ち主くらい自分で選ぶっちゅう話や」

だから、このひと時も選んだが故の景色なのだと、彼は心底楽しそうに笑い続けた。

朝の鍛錬を終えて、染吾郎と別れ鬼そばへと戻る。少し遅くなってしまった。そろそろ仕込みを始めないといけない。

着替えてからいつものように店の準備をしている途中で、ふと気付く。今朝は野茉莉の顔をまだ見ていない。どうやらまだ寝ているらしい。起こそうと野茉莉の部屋へ向かうが、襖を開ける前にぴたりと手が止まった。

了解もとらず部屋に入ると嫌がられるかもしれない。そう思うと手が動かず、とりあえず外から呼びかける。

「野茉莉、起きているか」

返事はない。繰り返したが、やはり何の反応もなかった。不安になり、少し躊躇《ためら》いつつも襖を開けて部屋に入る。もしかしたら具合が悪いのでは、とも思ったが違ったようだ。野茉莉は寝息を立てている。

「野茉莉、朝だ」

「父様……？」

ようやく反応があった。野茉莉は身動《みじろ》ぎをしてうっすらと瞼《まぶた》を持ち上げる。寝ぼけているのか、とろんとした目で甚夜を見上げていた。

「大丈夫か。体調でも」

「ううん、だいじょうぶ。すぐ、おきるから」

まだ眠たいのか、甘えたような声はまるで昔に戻ったようだ。しばし感慨に耽《ふけ》るも、目を覚ましたならいつまでもここにいる必要もないと部屋を出る。なんとなく娘の様子に違和感を覚えながらも、甚夜は朝の準備に戻った。

「ねえ、父様」

卓袱台《ちゃぶだい》を挟んで向かい合わせに座って静かに朝食をとっていると、今朝は珍しく野茉莉の方から話しかけてきた。

「どうした」

何かを言いあぐね、気まずそうに視線をさ迷わせている。口を開こうとしては躊躇う。それを何度か繰り返した後、ようやく腹が決まったのか、野茉莉は甚夜の目をまっすぐに見据えた。

「あの、ね。昔、父様ってお蕎麦屋さんによく通ってたよね？」

「ああ」

今でもよく覚えている。蕎麦屋・喜兵衛。あの店で過ごした時間は、甚夜にとってかけがえのないものだった。間違えた道行きの途中で出会えた得難い温かさ。憎しみのために刀を振るい、ただ力だけを求めた。その生き方をわずかながらに変えられたのは、間違いなく喜兵衛で過ごした日々のおかげだ。

「忘れるはずもない」

「それなら、いつも店に来てた人のことも覚えてる？」

「勿論だ。と言っても、私を除けば直次くらいだったが。それがどうした？」

問いは随分と突飛に思える。喜兵衛に通っていた頃、野茉莉はまだ幼かった。あまり記憶に残っていないものとばかり思っていたが、話題にするくらいには覚えていたのだろうか。それにしても、何故いきなり喜兵衛の話を始めたのか。逆に聞き返すと、困ったように野茉莉は俯いてしまった。

沈黙のあと、もう一度顔を上げると野茉莉はおずおずと遠慮がちに問い掛ける。

「あの、ね。他に、いなかった?」

「ん?」

「だから、いつもの人。店主のおじさんと、おふうさんと。あと直次おじさんと。あと、女の人が」

喜兵衛にいる女。初めに浮かんだのは、やはりおふうの顔だ。凛とした立ち姿とたおやかな笑みが印象に残っている。それ以外となると、どこか生意気そうな娘の笑顔が浮かぶ。甚夜は少しだけ目を細めた。

「ああ、いたよ」

野茉莉とは面識がないため省いたが、直次以外にも喜兵衛に出入りしていた常連はいた。何かの間違いがあったのなら、妹になっていたかもしれない娘だ。なのに、この手で彼女の大切なものを奪ってしまった。気付けば奥歯を強く噛んでいた。懐かしさを感じながらも、噛み締めた後悔は苦みが強すぎた。

「しかし、何故知っている。会ったことはないと思うが」

娘の前で無様は晒《さら》せない。努めて平静な顔を作ってみせる。こういうのも年の功なのだろうか。動揺はすぐに消えて、声も全く震えなかった。

「あの、ええと、秋津さん! 秋津さんが、教えてくれたの」

「そうか。口の軽い男だ」

呆れたように溜息を吐いて見せれば、野茉莉はあきらかに安堵していた。

染吾郎が教えたというのは間違いなく嘘だ。しかし追及はしなかった。今の質問にどういう意味があったのかは分からないが、野茉莉の表情は真剣で決して興味本位ではなかったから、問い詰めるような真似はしたくなかった。

ただ、気にかかる。染吾郎が話したのではないとすれば、いったい誰が。あの頃を知っている人間は多くない。店主と直次は既に死んでいる。おふうでもないだろう。何者かも目的も分からない。だが、もしも野茉莉に近付きよからぬことを企む輩《やから》がいるのならば、相応の対処をせねばならない。

「野茉莉、あまり危ないことはするなよ」

「う、ん。分かってる」

それきり会話は途絶えた。

注意しなければいけないかもしれない。味噌汁を啜りながら、甚夜はかすかに表情を引き締めた。

◆

いつも通りの一日が過ぎ、夜がまた訪れる。

寝床に入った野茉莉は、布団の上で寝転がりながら溜息を吐いた。

また嘘を吐いた。当たり前のように父を騙してしまった自分が情けなく思える。いつからこんな風になってしまったのだろう。素直にものを言えず、平気で嘘まで吐く。子供の頃はこうではなかった。もっと、違ったような気がする。なのに、今は上手く喋ることができない。

「……もう寝よう」

妙に疲れて、野茉莉は布団に潜り込んだ。目を瞑ればすぐに眠気が襲ってくる。

そして深く、深く眠りについた。


夢を見ている。

はらりと雪の降る中、喜兵衛で父と並んで蕎麦を食べる。店主やおふう、それに直次。懐かしい顔に紛れて、知らない女が一人いる。

「最近はどうです」

今夜はもう一人、知らない男の人もいた。店主が声を掛けると男は快活に笑った。

「まあ、ぼちぼちやってます。やっぱり番頭になるとやることが多くて」

「そりゃあそうよ。えらくなったらなった分の責任があるに決まっているじゃない」
「分かってますって、お嬢さん」
男は名も知らぬ女をお嬢さんと呼ぶ。けれど他の呼び方はやはり雑音に掻き消され
てしまい、結局、彼女の名は知れないままだった。
いったい誰なのだろう。忘れているのではなく、本当に知らない。蕎麦屋の店の中
はあの頃と同じで、だからこそ彼女達の存在にはひどく違和感があった。
「どうした――」
父が野茉莉を呼んだ。そのはずなのに、名前はまた雑音に掻き消された。
夢の話だ。気にしなくてもいい。そう思うのに、頭がはっきりとしているせいで余
計なことまで考えてしまう。
「――ちゃん」
思考に没頭しようとした時、遮るようにお嬢さんが声を掛けてきた。自分と同じ歳
か、少し上くらいだろうか。口調や気の強そうな態度とは裏腹に立ち振る舞いは綺麗
だ。お嬢さんという呼ばれ方からすると良家の子女なのかもしれない。
「は、はいっ」
思わず声が上ずってしまった。

様子を見ていた父が表情も変えずに言う。

「そんなに緊張する相手でもないだろう」

「あんた、何気に失礼ね」

文句を言いながらも、お嬢さんは楽しそうだった。

和やかな空気に揺蕩《たゆた》いながら、野茉莉は夢を眺めている。昨日の夢の続き。ここまで明確に続く夢なんてまともではない。そう思ったが、嫌なものは感じなかった。外は雪が降っているのに暖かくさえある。よく分からないが、もう少し見ているのも悪くないと思えた。

「馳走になった」

先に蕎麦を食べ終えた父が、じゃらりと銭を卓の上に置く。立ち上がり、腰に携えた刀の位置を直した。

「今日も、ですか？」

それを目敏《めざと》く見付けたのはおふうだ。わずかな動作から察した。これから甚夜は鬼を討ちに行く。昔も今も変わらない、彼の生き方だった。

「ああ」

「本当に、甚夜君は変わりませんね」

「悪いな、性分だ」

「もう……」

呆れたような、それでも優しいと感じられる声。触れ合える距離が二人の親しさを示している。父はいつも通りの無表情だが、けれど寛《くつろ》いでいるようにも見えた。

「あまり無茶したら駄目ですよ」

「ああ」

「ちゃんと、帰ってきてくださいね」

「分かっている。そう心配するな」

ちくりと胸の奥が痛んだ。昔から何となく感じていた。しかし今こうやって見返してみて、はっきりと分かってしまった。両者の間には、他の誰にも入り込めない何かがある。ただ喋っているだけのように見えて、本当は何も言わないでも分かり合える。そういう一瞬が彼等にはあり、それを寂しいと思ってしまった。

たぶんお嬢さんも一緒なのだろう。父とおふうの遣り取りを眺める彼女は、小さくかすれるような吐息を漏らした。

「声、かけないんですか？」

気付けばそう問うていた。その横顔は親に置いて行かれた子供のように頼りなく、彼女も鬱屈とした想いを抱えてきたのだろうと知れた。

「私が傷つけてしまった人だから。あんまり、ね」

目を伏せて、静かに笑う。名前も知らない女性なのに当たり前のように会話ができるのは、同じ痛みを覚えたからだ。寂しいと思う気持ちも二の足を踏んでしまうところも、たぶん二人はよく似ていた。

「彼に酷いことを言ったの」

「なら、謝ればいいのに」

「……うん、そうできれば、よかったのにね」

最初は生意気そうに見えたが、お嬢さんは意外にも穏やかだ。浮かべる笑みはとても柔らかく、けれどどこか諦めが混じっていた。

「本当は謝りたかったの。でも、会いに行けなかった。自分が傷付けたくせに、傷付いた彼と会うのが怖かった」

「怖かった？」

「うん。これでも昔はそれなりに仲が良かったのよ。だからきっと、謝ったら許してくれたと思う」

なのに素直に謝れなかった。

ゆっくりとした語り口に、遠くを眺める熱のない視線に思い知らされる。胸が締め付けられたのは、その嘆きが今の自分に重なったせいだ。

「でも、彼の目は変わってしまうわ。以前のようには、私を見てくれない。会いに行って謝ったら、もう二度と元には戻れないような気がした。それが怖かった。想像するだけで足が竦んで、結局謝りに行けなかったの。情けないわよね」

素直に謝れないのも同じだ。本当は言いたいことは沢山あるはずなのに、いつだって何も言えない。

ああ、本当に情けない。

どうしてあの頃のまま、父が大好きだった幼い子供のままでいられなかったのか。

「行ってらっしゃい、甚夜君」

「ああ。行ってくる」

穏やかな二人の遣り取りが突き刺さる。

白い雪が外の景色を染め上げる中、柔らかく暖かい空気がここにはある。

だから野茉莉は、この夢を悲しいと思った。

3

これで四度目。いや、五度目だったろうか。

野茉莉はまた夢を見ていた。

流れはいつも変わらない。降りしきる雪の中、馴染みの蕎麦屋へ父と向かう。そこで雑談をしながら蕎麦を食べ、終われば父が鬼退治へ行くのを見送る。その後は、お嬢さんとひとしきり会話をする。彼女と喋っている間は誰も声を掛けてこない。というよりも、誰の姿も見えなくなってしまう。

初めは何故かと考えもしたが、そもそもこれはただ夢なのだから、そういうものなのだと納得する。ともかく野茉莉は今夜も喜兵衛で、お嬢さんと二人きりになっていた。

「子供の頃は餅なんか滅多に食べられなかったから、磯辺餅が今でも好きだって言ってた。それを知っているのが私だけってことが、なんだか嬉しかったなぁ」

「へえ、そうなんですか」

話題は、やはり父のことだ。彼女は野茉莉の知らない父の姿を知っている。それを聞くのが楽しくて、この夢が何であるかは既にどうでもよくなっていた。

「聞きたいことがあるんですけど」

「なに？　――ちゃん」

やはり名前は雑音に掻き消されたが、それにも慣れた。気にせず問いを続ける。

「父様とは、どういう」

直接的な表現はさすがに照れるので遠まわしに聞こうとしたが、上手く言葉にならない。なんと言えばいいのか分からずまごついていると、くすりとお嬢さんは笑った。

「お父さんとの関係？」

「その、はい」

言い当てられて、恥ずかしさから野茉莉は頷いた。

それを見てもう一度静かに笑い、どこか寂しそうに彼女は答える。

「さあ、どうだったのかな」

軽い口調で、誤魔化すような物言いだった。

真面目に答えてください。そう言おうとして、言えなかった。彼女はここではないどこか遠くに想いを馳せている。下手なことを言えば、傷付けてしまうと思った。感情の色が見えない透明な横顔からは内心を窺うことはできない。沈黙が重すぎて、耐えかねた野茉莉はおずおずと再び問うた。

「懸想《けそう》、されていたんですか？」

「今はもう分からないわ」

呆れたような疲れたような、不思議な笑みだった。複雑な表情になるくらい、本人も気持ちを掴みかねているのかもしれない。けれどわずかな振る舞いに、彼女にとって父が特別な存在だったことだけは理解できた。

「ただね、あなたのお父さんと私は、似た者同士だったの」

「似た者同士？」

「そう。強がっているけど、本当は弱くて。だからね、あいつの傍にいると安心した。同じ痛みを感じてくれるから」

でも、とお嬢さんは悲しそうに目を伏せる。

「私は雀《すずめ》から変われなかった。結局、それが全てなんだと思うわ」

諦めにも似た力ない言葉の意味を問おうとして。

けれど、そこで夢から覚めた。

◇

「女の人とは、どういう関係だったの？」

甚夜は娘の唐突な質問に顔を上げた。

「蕎麦屋さんに来てたっていう女の人」

「またその話か」

夕食時、出る話題は懐かしい蕎麦屋でのこと。最近、野茉莉はあの娘の話を妙に聞きたがる。何故そこまで興味を持つのか、甚夜は測りかねていた。

ここ数日、不審な輩が野茉莉に接触するような場面はなかった。過去について誰かに吹き込まれたわけではないようだ。とすると、人の理《ことわり》からはみ出たなにかによって知識を与えられたのか。例えば、過去の映像を見せる力だとか。もしそうならば、こちらから打てる手はない。別段衰弱している様子もなく、口惜しいが様子見を続けるしかないのが現状だった。

「友人、だったと思う。だが、もしかしたら家族になったかもしれない相手だ」

内心の逡巡《しゅんじゅん》を悟られぬよう平静に振る舞い、しかし返した答えは誤魔化しでもなかった。もし何かの間違いがあれば、心底惚れた女と出会わなかった代わりに妹になっていたかもしれない。だからだろう、どんなに生意気でも怒る気にはなれなかった。

「じゃあ、好きだったんだ」

「嫌いではなかったな」

「なのに、会いに行かなかったの？」

もし本当に好きなら、何故縁が途切れかけた時、繋ぎ留めようと思わなかったのか。責めるような語調ではなく、ただ純粋に疑問を零しただけ。だからこそ甚夜は驚いた。その問いは、ある程度状況を把握していなければできないものだ。

それに数瞬遅れて気付いたらしく、野茉莉は慌てて言葉を付け加えた。

「喧嘩して、仲直りできなかったって言ってた。あ、えっと、秋津さんが、だけど」

染吾郎は確かに古い付き合いだが、その辺りの事情はまるで知らない。咄嗟《とっさ》にしても拙《つたな》い言いわけだ。追及はしないが、少し寂しくも思う。

この子も大きくなった。秘密くらいできるし、そのためなら嘘も吐く。当たり前だと分かっているのに胸に痛い。父親とは難儀なものだと甚夜は静かに息を吐く。

「私が、傷付けてしまった女《ひと》だ。合わせる顔がなかった」

胸の痛みの幾らかは、過《よぎ》ったかつてに理由があったかもしれない。雪降る夜の寒さと胸に刺さった棘《とげ》の痛みは、今でも情けないくらいによく覚えていた。

「え……？」

「どうした」

「ううん、別に」

　ふるふると首を横に振り何でもないと示してみせるが、動揺は隠しきれていない。そこまでおかしな発言をしたつもりはなかった。しかし野茉莉は、いかにも予想外といった反応だ。

「謝ったりはしなかったの？」

　続けた遠慮がちな言葉には、やはり不満げな調子も刺々しさもなく責める意図はないのだと分かる。目には、かすかに縋る色があった。どうして会いに来てくれなかったのか、まるで彼女にそう問いかけられていると錯覚してしまうくらい野茉莉の姿は真摯だった。

「私は、彼女の大事なものを奪ってしまった。許せるものではないだろうし、よしんば許せたとして失われたものが返ることはない」

「それは。そんな、ことは」

「謝ったところで彼女の負担を増やすだけだ。そう思えば、会いに行くのは憚《はばか》られた」

　素直に心情を吐露したのは、多分重なった面影のせいだ。謝るなどできるはずがない。彼女の父親を殺した男が、いったい何を言えるというのか。それに、本当の彼女は「どうして会いに来てくれなかったのか」なんて言わない。鬼を嫌う彼女だ。化け物に擦り寄られても嫌悪しか湧かないだろう。

つまり大層なことではなく、落ち着くべきところに落ち着いたというだけの話だ。

「それでも、時折考えるよ。もしもあの時、もう少し上手くやれたなら。あるいは違う今があったのではないか、とな」

最後には全部台なしになってしまったが、笑い合えた頃も確かにあった。今さらどうしようもないと知ってはいるが、もう少しましな終わりも有り得たのではないだろうか。

「そっ、か」

「どうした」

「別に」

話を聞き終えた野茉莉は、見るからに沈んだ様子で俯いてしまった。急激な変化を心配したが返事は素っ気ない。

「しかし」

「だから何でもないって。もう寝るね」

淡々とした物言いには、ほんの少し苛立ちが混じっている。事実これ以上話を続ける気はないのか、かちゃんと二の句を遮るように強めに箸を置いて食卓から離れる。

その横顔は、不機嫌よりも後悔が強い。泣きそうになるのを我慢しているようにも見えた。

「随分と早いな」

「なんか、眠くて。ごめんなさい」

申しわけなさそうにそれだけ残し、振り返らずに野茉莉は部屋へと戻る。

遠くなる足音がよく響く。

一人いなくなっただけなのに、居間は随分と広くなったように感じられた。

◆

今も、雪が、止むことはなく。


今日の夢はいつもとは違った。

どこかの大きな家で、縁側にお嬢さんと並んで座り庭を眺めている。雪が降っているのに寒いと思わないのは、やはり夢だからだろうか。

『そうだな。変わらないものなどない。だが、鬼は変われない。だからこそ、この鬼は生まれた。これは、立ち止まってしまった想いだ』

父は焼けただれたような皮膚の、醜悪な鬼と対峙している。

一気に踏み込み、腰の回転で刀を横一文字に振るう。

『今を生きる者達にお前は邪魔だ、失せろ』

それで終わり。

一太刀の下に鬼は両断された。

そこで父の姿も鬼の死骸もなくなり、平穏な雪の庭だけが残された。

「昔ね、あなたのお父さんに護衛をしてもらったの。本当に強くて。ああ、読本の中の剣豪が目の前にいるって思ったわ」

お嬢さんは懐かしそうにそっと目を細める。聞かせてくれたのは、鬼に襲われた商家の娘と助けてくれた腕の立つ浪人の話だ。語り口はゆったりとしているのに、とても楽しそうだ。それが嬉しいようで、自分の知らない父の姿を知っていることがちくりと胸に痛いような、複雑な気持ちで耳を傾けていた。

「──ちゃん、今日は元気ないわね？」

憂鬱が顔に出ていたようだ、お嬢さんは優しい笑みで声をかけてくれる。心配してくれたのだと分かっているのに、勝手に傷付いた心を見透かされたようで情けなくなる。しかし夢だと思えば、素直に言葉は口の端から零れていた。

「父様、貴女が好きだったのかな」

父は、もしかしたら家族になっていたかもしれないと言っていた。きっと二人は男女の仲だったのだろう。夫婦になる約束までしていたのかもしれない。父の弱々しくも暖かな声が耳に残っている。それが辛いのは、思ってしまったからだ。今の生活は、父にとって上手くいかなかった結果なのではないだろうか。

本当は、拾った子供のことなんて。

そんなつもりで言ったのではないとちゃんと分かっている。なのに嫌な想像が消えてくれない。

「あいつの気持ちなんて分からないけど。私はもしかしたら、貴女の言う通り好きだったのかもしれないわね」

ああ、やはり。

柔らかな声に胸を締め付けられる。

「でも、恋慕じゃなかったわ」

お嬢さんはどうでもいいことのように答えた。その気楽さが不思議に思えて、彼女の横顔を盗み見る。過ぎ去ったかつてを語る彼女は、こちらが驚くくらい落ち着いた表情をしていた。

「私は、あいつの弱さに気付いていたのに。抱えているものの重さを考えてあげられなかった。その時点で、私の想いは情と呼べるものではなかったの、多分ね」

報われなかった恋の話をしているのに、痛みなんて欠片も感じさせない。ただそれが悲しいのか、寂しいのか。透き通った瞳に何も言えなくなった。

「私は雀なの。羽毛を精一杯膨らませて、冬の寒さに耐えるしかできない雀。そんなだから、冬を越した時あの人はもう傍にいなかった。馬鹿みたいね」

自嘲の笑みに、何故か自身の憂いが重なる。

ああ、違う。何故かではない。毎夜続く不可解な夢の中で、怖いとも感じず、こんなにも和やかに会話ができる理由を理解してしまった。

——この人は、どこまでも私と同じなのだ。

言いたいことも言えずに勝手な想像に怯え、今もずっと立ち止まったまま前にも後ろにも進めないでいる。

「お父さんと、なにかあった？」

そういう彼女だから、同じ痛みを隠しているから気付いたのだろう。柔らかい微笑みで心の奥を見透かされて、またも何も言えなくなってしまう。

「なら、もう少しここにいる？」

迷いはあった。

けれどどうしてか帰るのは躊躇われて、自然と頷きを返していた。

雪は降り注ぎ、辺りを白く染め上げる。

そしてわたしは、ゆめを、みている。

◆

「は？　野茉莉ちゃんが目ぇ覚まさへん？」

昼飯時、染吾郎がいつものように鬼そばに来た。暖簾は出していなかったが、戸締りを忘れていたようで勝手に入ってきたらしい。

今の甚夜は疲弊しており、周囲に一切気が回っていなかった。実際、中に入ってきて声をかけられるまで来客に気付いてもいなかった。椅子に深く腰を下ろし項垂《うなだ》れている姿は自分が思う以上に危うく見えたらしく、染吾郎にしては珍しく慌てた様子で駆け寄ってきたくらいだ。

事情を尋ねられ、言葉少なに奥の部屋へと案内する。綺麗に整頓された畳敷きの室内、机の上には平吉の土産の櫛やら根付やらが並べられている。敷かれた布団には、愛娘の野茉莉が静かに眠っていた。

「何度も声を掛けたが、反応はない。医者にも見せたが異常はないらしい。状態としては眠っているだけ。なのに、目を覚まさない」

体を屈《かが》め、野茉莉の頬に手を触れる。温かいし脈もある。規則正しい寝息をたてており、一見何の問題もないように思える。ただ、いくら起こしてもこの子は目を覚まさなかった。

「いったい、どうすれば」

募る焦燥に普段の無表情は崩れ、語り口にも余裕がないのが自分でも分かった。頭も上手く回らない。思い悩むが打開策は浮かばず、眠り続ける娘を見詰めるしかできないでいた。

『旦那様、落ち着いてください』

「分かっている。分かってはいるが」

兼臣の言葉も頭に入ってこない。そもそも父親に「娘を案じるな」など、どだい無理な話だ。野茉莉を想えばこそ甚夜は冷静になれない。

「ええよ別に。無理に落ち着かんでも」

切羽詰まった状況にあって、染吾郎は肩の力の抜けた気楽な態度だった。場違いとも思える振る舞いに甚夜は茫然としてしまう。

「煮えた頭で考えたってしゃーない。そういうのは僕が受け持ったる」

気負いのない物言いだが、決して軽んじているわけではない。ゆったりとした笑みは、信じるに足るだけのなにかを感じさせた。

「君に野茉莉ちゃんの心配すんなゆうんは酷やろ？　冷静になんのも頭使うのも僕がやったるから、適当に気付いたことだけ吐き出してくれればええ」

だから落ち着く必要も不安に思うこともない、どっしり構えていろ。

言外の意味を間違えない。甚夜は静かに俯き、ゆっくりと息を吐く。

染吾郎の気遣いにようやく周囲が見えてくる。もう一度顔を上げた時には、まだ本調子とはいかないまでも幾らか冷静さを取り戻せた。

「すまない、取り乱し過ぎた」

「それが分かったんやったら十分や。ま、君にはこういう言い方のが効くやろ？」

「ああ、多少頭も冷えた。お前の掌の上というのは癪ではあるが」

「あらら、ひどい物言いやなぁ。嘘はいっこも言うてへんのに」

まったく、ありがたい友人だ。その心遣いに感謝し、情けなくも狼狽《うろた》えた自身に活を入れる。

『旦那様』

「お前もすまなかったな、兼臣」

『いいえ、その焦燥には、私も覚えがありますから。ですが野茉莉さんを想えばこそ、まずは一呼吸を置いてください』

大切な人を亡くした兼臣にも思うところがあるのだろう。

指摘は正しい。ここで動揺してどうする。野茉莉がなんらかの怪異に巻き込まれたのは間違いない。ならばそれをどうにかするのは父親の役割、狼狽えている場合ではなかった。

「反省している。成長できたつもりでいたが、父親としてはまだまだ未熟のようだ」

『お気になさらず。それを支えるのも妻の務めでしょう』

「またそれか」

夫婦には程遠いが、遠慮のない冗談に肩の力が抜けた。

「なんや、結構上手くやってるみたいやね」

『勿論です』

勝ち誇るような言い方に思わず苦笑が漏れる。そこで染吾郎が表情を引き締め、眠り続ける野茉莉を見た。

「とりあえず、甚夜は傍にいたり。僕の方で調べてみるわ」

「助かる」

本当に、感謝してもし切れない。甚夜は腰を下ろし、そっと野茉莉の手を握った。

滑らかで小さく、とても温かい。歳を取れない自分では、いつまでもこの娘と共にあることはできない。いつかは離れていく手だと知っている。

しかし叶うならば、もう少しの間だけ傍にあって欲しいと願った。

◆

止まない雪に景色は染まり、揺蕩《たゆた》う心は白い夢を見続ける。

『なんだ、忘れてたわけじゃないのね』

『いや、思い出すのに時間がかかった。前はもう少し幼かったしな』

『そう、三年も経ってるから仕方ないとは思うけど。でも、あんたは全然変わってないわね』

『あまり老《ふ》けん性質《たち》だ』

『世の女の人の大半を敵に回すわよ、それ』

偶然再会した時も、彼は助けてくれた。

『時々、自分でも分からなくなる時があるんだ。何故こんなことをしているのか』

『何よそれ』

『事実だから仕方がない。だが敢えて言うならば……多分、私にはこれしかないんだろう』

茶屋で磯辺餅を食べながら語り合う。強いと思っていた彼の弱さを知った。

『正直に言えば、兄と呼ばれるのは苦手なんだ』

『え？』

『私は最後まで兄でいてやれなかった。だから苦手……ああ、違うな。たぶん、自分の弱さを見つけられたようで、嫌な気分になるんだ』

雪柳の下。

悩み傷付き、譲れない何かに苦しむ彼の姿を見つけた。

『ええ。私達は想いの還るべき場所を探して、長い長い時を旅するのです』

『見つかるだろうか』

『見つけるのです。きっと、そのための命なのでしょう』

少しずつ心は変わる。それが何故か、とても嬉しかったような気がする。

悲しいことだってあった。彼と蕎麦屋の娘。二人の間には、他の人にはない何かがある。それを見せつけられるのが辛かった。けれど危ない時は、当たり前のように庇《かば》ってくれた。言わなかったが、大きな背中をたぶん頼もしいと思っていた。

ああ、そうだ。

いつだって彼は守ってくれていた。

『近寄らないで化け物っ！』

なのに降りしきる雪の夜、投げ付けた言葉で傷付けてしまった。酒のせいなんて言いわけにもならない。今まで積み重ねたものを、最後まで形にならなかった曖昧な気持ちを自分の手で壊してしまった。

野茉莉は夢でお嬢さんのかつてを辿る。過去の出来事のはずなのに、予知を見せつけられているような気がした。

「あいつは、私を助けるためにずっと隠してきた秘密を曝《さら》け出したのに」

場面が変わる。

先程も見た雪柳の下に心が戻ってきた。春の花が咲くのに、雪はまだ降り続けている。白く小さな花弁が雪に紛れて揺れている。淡く儚《はかな》げな景色は本当に美しく、同じくらい切なくもあった。

「なんであの時、違う言葉をかけてあげられなかったんだろう」

遠い情景を、知らないはずの人を夢に見る。

不思議だったけれど、その意味にようやく気付けた。

ずっと見続けた夢は、野茉莉のものではなかった。今なら分かる。これはお嬢さんの夢だ。彼女を苛《さいな》む過去の後悔、その中に迷い込んでしまったのだろう。だから誰かが野茉莉の名を口にしても雑音に掻き消される。面識のない彼女は、知らない名前を呼べない。彼女はただいつかの後悔を、今さらどうにもならない白い夢を眺めている。

「そうすればあなたに、私の面影があったかもしれないのにね」

零れ落ちる呟きが胸を抉《えぐ》った。彼女の言葉は聞き流しそうになるくらい軽やかで、それが痛くて野茉莉は何度も首を横に振って否定する。

違う、そうではないのだと。

どんな道筋を辿ったとしても、お嬢さんが望む今には辿り着けない。

「違うんです」

だって、自分はあの人の子供ではない。夢から覚めても紛れ込んだ異物には変わらなかった。

「私、捨て子なんです。父様が拾ってくれて、育ててくれました。本当は、娘なんかじゃなくて」

ああ、心が軋《きし》む。

野茉莉は甚夜を本当の父だと思い、ちゃんとそれを伝えた。しかし、聞くことはできなかった。「私を本当の娘だと思ってくれていますか」なんて、どうして言えるのか。父は優しい。兼臣や朝顔《あさがお》といった、行く当てのない者達を見返りもなく家に泊めていた。

もしも自分もそうだったら？

育ててくれたのは彼の優しさにすぎず、哀れな捨て子に手を差し伸べてくれただけで娘だなんて思っていなかったら。

不安はいつも胸にあって、返ってくる答えが怖くてどうしても聞けなかった。

「父様は優しくて、何も言わないけど。本当は私なんて邪魔なんじゃないかって。だって、私がいたって何の役にも立たない」

父は邪魔だとは言わない。しかし重荷になっているのは事実だ。助けられてばかりで、何も返せるものはない。子供の頃は、まだよかった。無邪気に「いつか父様の母様になって、いっぱい甘やかしてあげる」なんて言っていた。

あれから随分と時間が経って背は高くなり、少しくらいは大人になった。なのに相変わらず助けられてばかりで、父がいなければ何もできない。辛かった。何もしてあげられない自分が、たまらなく惨めだった。

「だから、だから」

気付けば野茉莉は泣いていた。

自身の言葉に傷付けられて、後から後から涙は溢れる。

どうしてこうなってしまったのだろう。昔は違った。もっと素直に父娘でいられた。父が大好きなことも昔願った夢も、変わらないはずなのに。何故こんなにも息苦しいと感じてしまうのか。

涙と一緒に溢れる嘆き。けれど、それを受けたお嬢さんの声はとても優しかった。

「そう、よかった」

場違いと感じてしまうほどの柔らかさに顔を上げる。滲む視界の向こうには、遠い日々を懐かしむような微笑みがあった。

「私は多分、あいつが好きだった。同じくらい弱いから、きっと支え合うことができると思ってた。……支えて、あげたかった」

それが彼女の未練。あの頃は気付かなかったけれど、本当は彼を大切に思っていた。支えになってあげたかった。できるなら一番近く、彼の隣で。

「だけど、今はもう傍にいてくれる人がいるのね」

その願いが叶わなかった。それでもよかったと、お嬢さんは満ち足りたようにゆったりと息を吐く。

「本当はとても脆《もろ》くて、なのにそれを見せようとしてくれない人だから。あなたみたいな人がいるなら、少しだけ安心はできるかな」

その気持ちが嘘でないと分かるから、野茉莉は目を背けたくなった。まっすぐなものをまっすぐに受けられないのは、自分が歪んでしまったからだ。彼女の笑顔を辛いと思うのは、正しく成長できなかったせいなのだろう。

「でも私は、父様にひどいことばっかりして、ひどいことばかり言って傍にいてくれてよかった、たぶん父はそう思ってはいない。いつか、きっと。

「あ……」

そこでようやく野茉莉は自分の気持ちと、父と上手く喋れなかった理由に気付いた。所詮は拾われた子供だ。明確な繋がりなどありもしない。もしも父に嫌われてしまえば、もう親娘ではいられない。本当は心のどこかでずっとそう思っていた。結局のところ怖かったのだ。いつか、「お前なんて拾わなければよかった」と思われるのが、何よりも怖かった。だからいい子になりたくて。でも、できないことはあまりに多過ぎた。父に失望されるのも怖くて、自然と距離も離れた。そのまま時間だけが過ぎて、いつの間にか普通に喋るのもままならなくなった。

「馬鹿みたい。私、なにをやっているんだろう……」

そのくせ上手く喋れない自分が苛立たしくて、父に八つ当たりをする始末だ。優しい父に甘えて、なのに愛してくれるなんて信じられず、想像に怯えて口を閉ざす愚かな娘。見せつけられた弱さに野茉莉は肩を震わせた。

こんな面倒な娘、どうせ父も煩わしく思っている。

「きっと、父様も」

私なんて。泣きながら、野茉莉は決定的な科白《せりふ》を口にしようとする。

「私も、そうだった」

穏やかな言葉に遮られた。

雪景色の夢は、越えられなかった象徴だ。止まない雪に遮られて、お嬢さんの想いはここで立ち止まっている。

「自分に自信がなくて。本当は言いたことがいっぱいあったはずなのに、何にも言えなかった」

助けられたのに、ありがとうと言えなかった。

傷付けたのに、ごめんなさいと言えなかった。

そうやって言えないことばかりを積み上げてきたから、最後にさようならを伝えることさえできなくなってしまった。

「小さなきっかけで繋がりを失えば、それでおしまい。いつの間にか、擦《す》れ違っても気付かなくなる。そうなって初めて知ったわ。想いって薄れていくものなのね」

くすりと口元を緩ませる彼女に悲しみの色はなく、むしろ足跡のない雪原を思わせる。淀みも汚れもない真っ白な心だ。

「もう胸は痛くない。彼のことも、いい思い出だと笑えるようになったわ。誰かを傷付けても、誰かに傷付けられても、いつかはそれを忘れられる。でもね、痛みと共に消えていくものだって確かにあるの」

共有する夢に、形にならない彼女の心まで伝わってくる。

会えなくなって、別の誰かが支えてくれた。触れ合う日々に痛みも少しずつ薄れて、もう一度笑えるようになった頃、胸の中で燻《くすぶ》っていたなにかはどこかへ消えてしまっていた。本当に大切だったはずなのに、今では思い出すことさえできない。

「あなたはそうなっては駄目よ」

だから彼女は伝えようとしてくれている。

涙と共に乾いて消えていく大事なもの。歳月に押し流されて失われていくありふれた日々が小さな掌から零れ落ちてしまわないよう、そっと優しく野茉莉の手を握り締めてくれた。

「もう私には、あの頃の心は思い出せないけれど。まだ、あなたは間に合うでしょう?」

「でも」

「大丈夫、ほんの少し素直になれば十分。あいつ、結構そういうのに弱いのよ?」

言葉にならない想いは、降り積もる雪のようだ。伝わらないまま胸の奥に降り積もり、白く染め上げては心を凍《い》てつかせる。だけどいつか冬が終わり、雪が溶け出す頃には。寒さに縮こまった羽を広げて、言えなかった想いが春の空を無邪気に飛び回れますように。

「私には、それができなかった。だから、あなたが支えてあげて」

真っ白な景色の中で、迷子が二人手を取り合う。

触れ合う掌から、悲しかった夢を溶かすくらいの熱が伝わってくる。

「どうして、そこまで」

祈るような真摯さに、野茉莉は自然と問うていた。

　この夢はお嬢さんの未練だ。初めは迷い込んだとばかり思っていたけれど、託すような言葉達に、今は彼女が迎え入れてくれたのではないかと感じられる。どうして名も知らぬ小娘のためにそこまでしてくれるのか。

「そうね。多分、借りを返したかったのよ」

「借り？」

「そう。あいつが、私達を親娘にしてくれたから。その借りをね」

　借りだなんて言われても野茉莉には理解ができない。お嬢さんは、楽しそうに口の端を吊り上げているだけ。説明をする気はないようで、代わりに彼女は悪戯《いたずら》っぽく付け加えた。

「まぁ、なんだ。親孝行はしておいた方がいい、という話だよ」

　低い声と堅苦しい口調は慣れておらず、なんだかしっくりこない。だからそれが彼女の言葉ではなく、似ていない口真似だと知れる。誰の科白なのかは考えるまでもなかった。

「あの」

「なに？」

　好きだったけど、恋慕ではなかった。そう語った彼女が何故ここまでしてくれたのか、どれだけ考えても分からない。しかし、その優しさに少しでも報いたいと思う。

「あなたは、恋をしていたと思います。ちゃんと、父様を好きでいてくれました」

野茉莉はまっすぐに瞳を見つめて言う。せめて彼女の想いが何の意味もなかったものになってしまわないよう、あやふやな恋の輪郭を縁取るように、はっきりと。

「ありがと」

彼女の心はやはり分からないままだ。だけどくすぐったそうに彼女が笑うから、少しは何かをしてあげられたのだと思えた。

「今さらだけど、名前を」

何度も雑音に掻き消されたが、今なら名前を受け取れるような気がした。しかし彼女は首を横に振って、静かに降る雪を背景に晴れやかな表情を浮かべる。

「私は、ずっと雀だったの」

気付けば雪は弱まり、ふわりふわりと名残《なごり》だけが夜空に揺れている。冬の終わりを告げるように、染まった白い景色も滲んでいく。

目の前に落ちてくる雪の一かけら。

野茉莉は意識せずに手を伸ばし、それを掬《すく》い取る。

掌にある小さな雪を、失くさないように強く握りしめる。

そして溶けゆく雪を思わせる微笑みに、野茉莉は静かに理解した。

「でも……ようやく、蛤《はまぐり》になれた気がするわ」

随分と遠回りをしたけれど。

名も知らぬ彼女の初恋は——今、終わったのだ。

そこで夢もまた、終わりを告げた。


近く遠く、誰かが名前を呼んでいるような。

頭がぼんやりとしていて、体もなんだか重い。

ああ、そうか。

長く眠っていたのだ。それを思い出し、しばらくしてからようやく意識がはっきりしてきた。

「野茉莉っ」

瞼を開いて最初に目に映ったのは、今まで見たこともないくらいに慌てている父の顔だった。

「とう、さま？」

まだ眠りから覚めきっていないのか、頭がしっかり動かない。上手く反応もできない。父は心底安堵したような笑みを浮かべ、野茉莉の両肩に手を触れた。

「よかった。体調はどうだ」

感極まったように息を吐く。

いったい何がどうなっているんだろう。父がこうも感情を露わにするのは初めてで、起き抜けということもあって頭の方がついてこない。

「えっと、別に。寝ていただけだし」

「だとしても、丸二日も起きなかったんだ。おかしなところはないか」

「えっ⁉」

長い夢だと思ってはいたが、まさかそんなに眠っていたとは。

感覚的には寝て起きただけのため驚きは強く、思わず声を上げる。同時に初めて見る父の動揺ぶりにも驚いてしまった。

「もしかして、心配した？」

「当たり前だろう」

父は普段無表情だけど優しい人だから、心配するのも当然だ。そう思っていたから、するりと零れた言葉に心をひどく揺さぶられた。

「娘の心配をしない親がいるものか」

「娘……？　だから、私の心配してくれた？」

たどたどしい問いに頷きを返しながらも、父は困惑しているようだ。意図が今一つ読み取れないのか、眉間に皺を寄せ、どう返せばいいのか頭を悩ませていた。

その態度に頭の中が真っ白になる。ああ、本当に馬鹿だった。拾われた子供だからと勝手に引け目を感じて、近付かなければ捨てられるほどには嫌われないと無用な壁を作っていた。

「ごめん、なさい」

初めから間違っていた。

上半身を起こし、そのまま抱き付く。いきなりのことに父は反応できない。鬼からの奇襲を容易に躱《かわ》す父が、反応できないはずがないのに。こうやって無防備を晒してくれるのは家族だから、娘だと思っていてくれるからに他ならない。

なぜ気付けなかったのか。

知っていたはずだ。店を開いたのは、周りから見ても恥ずかしくないように。料理を覚えた理由は、ちゃんとしたものを食べさせるため。累《るい》が及ばないようにと大切にしていた刀だって腰に差さなくなった。それが誰のための無理だったのか、今さら考える必要もなかった。

いつだって父は、自分を想ってくれていた。

いつだって父であろうと努力を重ねてきてくれたのに。

「ごめんなさい、父様。ごめん、なさい……」

「野茉莉、どうした」

縋りついて涙を流す。父は優しく、本当に優しく頭を撫でてくれた。

まるで子供みたいだと思って、野茉莉は嬉しくなった。

まるでも何も、自分はこの人の子供なのだからこれでいい。そう思えた今が、たまらなく嬉しかった。

「怖い夢でも見たのか」

父の腕の中で、ふるふると首を横に振る。

「ううん、いい夢を、見たの」

泣き笑い思い出す、夢の中の雪景色。

視線を落とすと枕元に何かが置いてある。

よく見れば、それは平吉にもらった小物の一つだ。でっぷりとした、愛嬌のある根付。木彫りの福良雀《ふくらすずめ》が何故か笑ったような気がした。

福良雀は寒雀《かんすずめ》の異称で、「寒い冬に全身の羽毛をふくらませて丸くなっている雀」の意を示す。まん丸い愛嬌のある姿は、根付や張子の題材としても人気が高い。寒雀は羽毛を体いっぱいにふくらませて空気の層をつくり、厳しい寒さをしのぐ。そうして冬が過ぎれば、春の陽気に誘われて再び無邪気に空を飛び回るのだ。

「平吉さん、あのお土産ってどこで買ってきたの？」

目覚めた翌日、染吾郎に連れられて平吉が鬼そばへ訪れると、いの一番に野茉莉はそう聞いた。

福良雀の根付を枕元に置いた覚えはない。なのに何故と疑問が過り、しかしよくよく考えれば平吉は付喪神使いの弟子だ。ならば、あの根付が多少不思議な力を持っていたとしても驚くような話でもない。彼女の夢は、きっとあれが見せたのだと思うから、できるならその由来を知りたかった。

「あれ、もらい物やからなぁ。納品に『須賀屋《すがや》』ゆう店に行って、しばらく話してたらなんや鬼そばの話になって。ほんで店主の話してたら、いつのまにか野茉莉さんの話になって。そしたら、店の女の人がお土産にてくれたんや」

「じゃあ、特別な由来とかは」

「ごめん。俺も知らん」

須賀屋という店の名前は記憶にない。平吉もそれ以上は知らないようで、結局あの福良雀はなんだったのか、真相は分からず仕舞いだ。

野茉莉が考え込んでいると、それを見ていた平吉は「ああ、そう言えば」と思い出したように言葉を付け加える。

「店の女の人、これを贈る相手に頑張ってって伝えてね、てゆうとった。なんやったんやろな、俺に頑張ってって言うんならともかく……別に頑張るようなことは、なにも」

最後の方は耳に届かなかったが、簡素な激励に頬が綻《ほころ》ぶ。福良雀の根付が何だったのかは、いくら考えても分からない。しかし、これを平吉に渡してくれた人はあのお嬢さんなのだろう。そう思えば自然と暖かい気持ちになれた。

「平吉さん、ありがとう。これ、大切にするね！」

愛おしさから福良雀を胸に抱く。心からの喜びを伝えれば平吉の顔が赤くなった。

「きつね二丁、あがったぞ」

「はーい！」

何かを言おうとしているようだったが、父親に呼ばれたのでそちらへ向かう。今まで上手く話せなかった分を取り返したい。そう思えば自然と返事は明るくなった。

「頼んだ。病み上がりだ、あまり無理はするなよ」

「もう、別に病気じゃないのに。でもありがとね、父様」

以前のぎこちなさは欠片もない。父は娘の体調を気遣い、娘は過保護な父の心配を照れながらも受け入れる。仲の良い親娘に、常連客も温かい視線を送ってくれる。ただ、平吉だけが複雑そうに二人のことを見ていた。

「なんで、俺が贈り物をしたのにあっちが仲良くなってるんですかね、お師匠」

「いや、それを僕に聞かれてもただ君も大変やなぁ」

「はい……」

からからと笑う師匠に弟子は肩を叩かれている。相変わらずの仲の良さが、いつも以上に微笑ましく映る。

胸のつかえがなくなると、こんなにも見え方が変わるものだろうか。野茉莉は父娘の仲が戻ったのを素直に喜ぶと共に、お嬢さんの夢にも想いを馳せる。あれは仲違いがなければ見られない景色だった。遠回りでしか乗り越えられない距離もある。そう思えば、重ねた苦悩も無駄ではなかったのかもしれない。

「今回は迷惑をかけたな、染吾郎」

客の相手も一段落がつき、父が厨房から声を掛ける。わだかまりがなくなったせいか、父の顔付きも以前とは変わった。

「気にせんでええよ。面白いもんも見れたしな」

「そこは、忘れてくれるとありがたい」

「あはは、恥ずかしがらんでもええやろ。君がちゃんと父親やってる証拠や」

「だとしてもな」

父は反論せず曖昧に濁していた。今まで気が付かなかった態度の意味がようやく分かる。面白そうにしている秋津さんは、親として振る舞おうとする父の強がりを知っていたのだろう。

「どうした、宇津木」

「うるさいわ」

ひとり平吉だけが不機嫌そうに顔を背けている。

「まあ、気にしんといたって。こっちはこっちで、ちゃんと男の子やってる証拠やから」

よく分からなかったが、きっとそこにも意味があるのだろう。

「まあいい、何を食べる。今日は奢《おご》ろう」

「お、ええの？」

「ああ、世話になった礼だ。このくらいはさせてくれ」

「ほな遠慮なく。僕はきつね蕎麦、こっちはどうせ天ぷら蕎麦やろ」

終わってから父に聞いたのだが、今回の件を解決したのは秋津さんだったらしい。と言っても、特に何かをしたわけではない。特に害はないから放っておけばいい、そう伝えただけ。半信半疑だったが、甚夜は言われるまま眠り続ける野茉莉の世話をしていた。すると二日後、彼女は目を覚ました。本当に何もしないでも解決してしまったそうだ。

「結局なんだったのか。野茉莉もいい夢を見たと言うだけ。よく分からん」

父は腕を組んで考え込んでいるが、野茉莉からすれば寝て起きただけなので他に言うことがない。

「夢と違《ちご》て、蜃気楼《しんきろう》やね」

染吾郎は事態を正確に理解しているようだった。難しい顔の甚夜に、彼は軽い調子で言う。

「福良雀の根付が見せた蜃気楼。巡り合わせいうんはおもろいもんやな」

「蜃気楼を見せるのは、蛤の付喪神だと言っていたはずだが」

「せやから、蛤の話。清（中国）では、雀は海ん中に入って蛤になるそうや。晩秋に雀が群れ成して海に来るんは、蛤が雀の化身やからなんやと」

冬を越えた福良雀は春の空に羽を広げ、夏を過ぎて秋の終わりに蛤となる。ならばきっと取り残された雀の想いも、季節を巡り歳月を経れば、いつかは蜃気楼のような儚げな優しさに変わるだろう。

「そっか、じゃあ、あの福良雀は冬には間に合わなかったけど、ちゃんと蛤になれたんだ」

「勿論。ほんで、報われなかった想いも君なら大切にしてくれる。そう思ったから、君ん所に来たんちゃうかな」

「そうかな。……そうだと、嬉しいな」

嬉しそうに染吾郎は語り、それを聞いて野茉莉は優しく微笑む。やはり父は理解できないままらしく眉間の皺は取れない。野茉莉の顔を一瞥《いちべつ》して、諦めたように息を吐いた。分からないが娘が安らかならば、と無理矢理自分を納得させている。

「気にせんでええ。どうせ皆、夏の宵が見せた蜃気楼や」

そんな父を眺めながら、染吾郎は悪戯を成功させた子供のようにほくそ笑んだ。

結局、お嬢さんは蛤になることができなかった。雪の降りしきる冬を越えられなかった想い。言えなかった言葉は、言えなかったまま消えてしまった。

それでも季節は巡る。

歳月は往き、福良雀はようやく蛤となる。伝わらなかった想いもまた季節を巡り、いつかは帰りたいと願った場所に還る。だから何の不思議もない。遠い昔言えなかった想いが、巡り巡って誰かのもとへと辿り着いた。

これは、ただそれだけの話だ。

「うん、気にしなくていいの。それより父様、今度一緒に買い物に行こう」

「ああ、そうするか」

野茉莉は甘えるように父と言葉を交わす。今まで大切にできなかったものに、もう少しだけ向き合おうと思う。それはお嬢さんが残した、叶わなかった願いだったのかもしれない。

不意に視線を外し、格子の窓から外を眺めた。

夏の盛り、外を見ても雪は降っていない。しかし雪のように降り積もった心がくれたものはちゃんと胸にある。それがどうしようもなく嬉しい。

夏の宵が見せた蜃気楼。その眩しさに、野茉莉はうっすらと目を細めた。

余談　鬼人の暇《いとま》

1

明治十二年（1879年）五月。
三条通・鬼そば。
店の玄関口には張り紙がされている。
『本日休業』
つまり、余暇の話である。

【朝・師匠の話】
嵯峨野の竹林での鍛錬は今も続いている。多少慣れたとはいえ、二刀の扱いはまだまだ拙《つたな》い。未熟を知りながら捨て置けるほどの余裕はなく、毎朝欠かさずに刀を振るう。ただ、今回はいつもと相手が違った。

「まだまだ、青い」

二刀を構えて甚夜は悠然と立つ。対する平吉は何も返さない、というよりも、返す余裕がないようだ。

今朝の鍛錬は普段と違い、甚夜ではなく平吉に重きを置いている。染吾郎が弟子に少しでも経験を積ませようと取り計らったのだ。もっとも両者の差は歴然であり、勝敗は予想通りの結末に落ち着いた。

「まあ、こんなもんやろなぁ」

甚夜は掠《かす》り傷どころか汗一つなく、息も乱さず着崩れさえしていない。平吉の方はといえば立つこともままならない程に疲弊し、大の字になって寝転がっている。

未熟な付喪神《つくもがみ》使いと数十年戦い続けてきた鬼。尋常の勝負であれば、万に一つも起こらない。当たり前といえば当たり前の話だ。息も絶え絶えの平吉に、これも経験だと染吾郎は笑っていた。

「お師匠……あいつ、人間やないです……」

「そら鬼やからな」

「いや、そうやなくて」

付喪神を操れるとはいえ、実戦経験の少ない平吉では相手にもならない。体を起こすも立ち上がれず、地べたに座り込んだままだ。

「体術と付喪神を交えた戦法。悪くはないが、修練が足りん」

「分かってるわ、くそ」

平吉は染吾郎と違って無手の体術を主とし、隙を消すように付喪神を操る。師ほど強い付喪神を持たないため、どうにかしようと工夫して編み出した戦い方なのだろう。目の付けどころは良かったが、いかんせんどちらも未熟だ。そこそこ動けるが決定打に欠けるといった印象だった。

「ま、自分がどんくらいやれるか、くらいは分かったやろ。まだまだこれからやな」

「はい。我流とはいえ、もうちょっとできる思ってたんですけど、一発も当てれませんでした」

「僕は体術からっきしやからなぁ。そっちを教えれんのは許したって」

「許すなんて。お師匠からは、そんなもんより大切なことを数えきれんくらい教えてもろてますから」

「泣かせることゆうてくれるなぁ」

染吾郎の顔が綻《ほころ》んだ。多少足らないところがあったとしても、尊敬の念は微塵も揺らがない。教わったものは技だけでないと、まっすぐな目で平吉は語る。互いに信頼し合う師弟の姿は、見ていて気持ちよく感じられた。

「本当に慕っているのだな」

「当たり前や。俺の親は鬼に殺された。その仇を討って、今まで俺の面倒を見てくれたんがお師匠。尊敬して当然やろ」

付き合いは長いが、平吉の過去を聞いたのは初めてだ。鬼を嫌っていた理由がそこにあるのならば、以前、あそこまで敵意をむき出しにしていたことも納得できる。普通に会話をするだけでも苦痛だったに違いない。

「俺は鬼を討つ力が欲しかった。まあ、鬼も悪いやつばっかやないって分かったけどな」

平吉は照れたようにそっぽを向くと、話の流れを無視してそう付け加える。分かり易過ぎる、不器用な気遣いだった。染吾郎ならばもう少し上手くやるだろうが、こちらの方もまだまだ鍛錬が足りないらしい。

「平吉ぃ。ええ子やなぁ」

「な、なにがですか」

十九の男にいい子はないだろう。思いながらも口を挟まず、微笑ましい気持ちでじゃれ合う師弟を眺める。

甚夜は落とすように笑った。横目でそれを見た染吾郎は、意外そうに目を見開いている。

「お？　なんや珍しいな。えらい機嫌良さそうやん」

ああ、とかすかに息を吐く。

「師弟とはいいものだな」

師弟が揃って目を丸くした。それがおかしくて、もう一度小さな笑みを零《こぼ》す。

「ただ一つに専心して生涯をかけて磨き、朽ち果てる前に誰かに授け、人は連綿と過去を未来に繋げていく。人よりも遥かに長くを生きるからこそ、その尊さが分かる。正直羨ましいとさえ思うよ」

染吾郎は既に老体、いずれは死を迎えるだろう。だが、秋津染吾郎が絶えることはない。それを継いでくれる者が、ちゃんとここにいる。

昔、人は面白いと言った鬼がいた。鬼より遥かに短い命、しかし人は受け継ぐことで鬼より長くを生きる。人は当然の如く摂理に逆らう。それはどんな娯楽よりも面白いとあの鬼は笑った。今になって奴の気持ちがよく分かる。繋がり受け継がれていく想いの尊さ。手の届かないものというのは、どうしてこうも眩しく映るのか。

「よう分からんけど、師匠ならあんたにもおるんちゃうの？」

年寄りの感慨は、若者には今一つ実感できないらしい。少しずれた返答に、甚夜は若干眉を顰《ひそ》める。それを受けた平吉はその態度こそ疑問だと言わんばかりで、どうにも噛み合わないまま二人して顔を見合わせる。

「いや、だから剣の。あんたは力任せと違《ちご》て、ちゃんと剣術を使ってるから、師匠がおるんかと思ったんやけど」

そこまで言われてようやく納得し、元治《もとはる》との稽古を思い出した。師事というほど大仰ではなかったが、甚夜の剣は彼に習ったものだ。平吉の指摘も間違いではない。瞼《まぶた》を閉じればふと過《よぎ》る、今は遠いみなわのひび。幼かった頃を懐かしめば、自然と口も滑らかになる。

「私に剣を教えてくれたのは養父だ。毎日のように稽古をつけてもらっていたよ。あの人は強くて、最後まで一太刀も浴びせることはできなかったが」

「……一太刀も？　ほんまに？」

「鬼は嘘を吐かん。養父は集落で一番の使い手でな。刀一本で鬼を討つ剣豪だった」

「ふうん、先代ってわけか」

妙な言い回しに疑問を持つが、平吉はやはり雑談程度の軽さで平然と言ってのける。

「いや、あんたも刀一本で鬼を討つ剣豪とか言われてるやんか。羨ましいも何も、あんたも似たようなもんやろ」

頭が真っ白になった気がした。数瞬置いてから意識を取り戻し、歓喜とも興奮ともつかない、自分でもよく分からない感情に背を押される。

「そうか、そうだったな」

想いを繋ぎ未来へと残すのは人の業だと思った。しかし平吉の中に染吾郎の技が息づいているように、この手にも元治が遺したものがある。それは鬼になったところで変わりはない。

なにより、多くの出会いがあり、多くの別れがあった。店主や直次、おふう。彼ら彼女らに出会い、わずかながらに変わることができた。ならば鬼に堕《お》ちたこの身にもまた、連綿と続く人の想いが宿っているのだ。それに改めて気付かされた。

「羨ましいやろ? これが僕の弟子や」

ふと見れば、染吾郎は勝ち誇るような顔をしている。

これも師の教えか。宇津木平吉は、形のないものを当たり前のように慈《いつく》しめる男となった。あの生意気な小僧が、よくぞここまで大きくなったものだと感心する。物に宿る想いを扱う秋津染吾郎にとっては、こういう弟子を持てるというのは、まさしく師匠冥利《みょうり》に尽きるというものだろう。

「やらへんよ」

「必要ない」

羨ましいと思ったのは事実だが、欲しいとは思わない。代わりに脳裏に浮かんだ言葉をそのまま口にする。

「励めよ、宇津木。私はお前以外が四代目を名乗るなど認めんぞ」

今度は平吉が呆気にとられる。驚きに上手い返しが出てこないようだ。

一拍置いてその意味を理解したのか、不機嫌そうに、しかし照れを隠しきれずそっぽを向いた。

「……おう」

お前は、秋津染吾郎を継ぐに相応《ふさわ》しい男だ。師を敬愛する平吉にとって、それは途方もない称賛だった。

「あはは、よかったな平吉。僕も君以外に秋津染吾郎を譲る気はないから」

「ありがとう、ございます、お師匠」

感極まった様子に内心がよく表れている。心底敬い慕っている師からの後継と認める発言だ、嬉しくないはずがない。ただ染吾郎は一筋縄にはいかない男で、真面目な表情は一瞬にして消え去り、今度はからかうような含み笑いに変わった。

「せやけど、その前に君は、甚夜を倒せるようにならんとあかんな」

「えっ？」

平吉は何を言われたのか理解できず固まった。

「野茉莉ちゃん、好きなんやろ？　そしたら父親に挨拶ってこともあるわけや。そしたら」

ちらりと横目で甚夜の方を見る。いい加減付き合いも長い。何を求めているのか分かってしまった。

「ならば私の返しはこうだな。娘が欲しいのならば、私を倒してからにしてもらおうか」

「さっすが」

たまには乗ってやるのも悪くない。定番の言い回しを口にすれば、子供のようにはしゃぐ。まったくもって無駄に元気な老人である。

対して平吉は目を点にしている。人を超える膂力《りょりょく》を持ち、複数の異能を操り、剣術にも長《た》けた鬼。それを倒さない限り、野茉莉を迎えることはできないと言われたのだ。

真っ青になった顔も仕方がないだろう。

「頑張り。野茉莉ちゃんを手に入れるんは、しんどそうや。なんせこいつは、僕でも倒せるか分からへん」

「それはこちらも同じ。鍾馗《しょうき》、だったか。あれは中々に厄介だ」

「僕の奥の手やしね。勝てるかどうかは分からへんけど、易々と負けてはやれんなぁ」

互いに冗談ではない。鍾馗は高位の鬼でも一撃で葬れる、真っ向勝負は避けたい相手だ。会話が耳に入っているのかいないのか、平吉は呆然としている。

「さて、そろそろ終いにするか。時間も時間だ。朝食を準備しよう」

「お、もしかして誘ってくれてる？　悪いなぁ。味噌汁玉ねぎな。平吉もいこか」

否定せず、茶化しもせず。平吉を放置して歩き始める。しばらく歩いてから甚夜は振り返り、口の端を吊り上げて不敵に平吉を見据えた。

「楽しみにしている。ただ、私はそれなりに手強いぞ、宇津木」

駄目押しがかなり利いたようで、平吉の顔が絶望に染まる。

「………え？」

色恋の悩みは若者の常だ。惚れた女と添い遂げるには、青年は数多《あまた》の試練を乗り越えねばならない。そのあたりは今も昔も、おそらく未来でも変わりはない。

いつの世も、最後の最後に立ち塞がる壁は父親である。


【昼・あんぱんの話】


鍛錬を終えた後、平吉は用事があるらしく先に戻った。染吾郎の方は遠慮なく鬼そばで朝食を食べ、悠々と食後の茶を楽しんでいる。甚夜と野茉莉も一緒にのんびりとした時間を過ごしていると豊繁が店へ訪れた。

「で、や。協力して欲しいことがあるんや」

前置きもなく開口一番協力を願う彼は、切羽詰まっているように見える。店が隣同士と言うこともあり、豊繁とはそこそこ交流がある。普段ならば多少相談に乗ってやっても構わないのだが、残念ながら今日は予定があった。

「すみませんが、今日は」

「そういや休業とか書いてあったけど、何か予定でも？」

「ええ、娘と出かけるので」

「ちょっと待ってぇや、葛野さん。もしかして、そのために店を休んだん？」

「そうですが」

その返答に、豊繁はなんとも微妙な面持ちへ変わる。何故そんな表情をされるのか、甚夜には分からなかった。店と野茉莉との用事、当然ながら優先順位は後者の方が高い。よって店を休みにするのも当然だ。特に驚かれるようなことではない。

「なんでこの人、こんな普通の顔してんねんな」

「いやぁ、甚夜にとってはこれが普通やしね」

初対面の豊繁と染吾郎だったが、何故か仲良くひそひそと話をしている。二人とも似たような感想らしく、なにやら通じ合うものがあったらしい。

「そういう理由ですので。申しわけないが、また今度に」

「あ、いや、そこをなんとか。ちょっとの間でええから」

「しかし」

難色を示しかすかに唸ると、くいくいと袖を引っ張られた。豊繁が可哀想に思えたのか、傍らに立つ野茉莉が同情的な視線を送っている。

「父様、別にいいよ」

楽しみにしていた約束を後回しにしても構わない、彼女はそういうことを言える優しい娘に育ってくれた。だからこそ反故《ほご》にしたくはない。

その考えを先回りして、野茉莉は柔らかく笑う。

「普段、三橋さんにはお世話になってるし、ね？　お話を聞いて、それからでも私はいいから」

「そう言うのなら」

申しわけないと思うが、同時に嬉しくもなる。今までのように、嫌われるのが怖くていい子を演じているのではないと分かったからだ。本当に子供は知らぬうちに大きくなるものだ。

「三橋さん、話を聞きましょう」

だから自然と表情は穏やかになった。

「新しい菓子？」

「せや。面倒やって普段やったら言うとこなんやけど、売上が少のうなってしもて、うちのがなぁ。ここらでちょっと気合入れとかんと、後々もっと面倒くさくなりそうやねん」

豊繁の細君である朔は非常に気が強く、夫婦仲は良好で仲睦まじいのは確かだが、夫は妻に頭が上がらない。なにより三橋屋の客入りは今一つで、朔が気を揉むのも分からないではなかった。

「しかし、私では力になれそうもありませんが」

ただ、相談相手として甚夜は相応しくはないだろう。蕎麦打ちや家庭料理ならまだしも、菓子作りはしたこともない。適切な助言をできるとは思えなかった。

「そんなことないで。あとは、野茉莉ちゃんの方にも期待してるねん」

「私、ですか？　でも私、料理は」

急に話を振られて、野茉莉は少し驚いた様子だ。花嫁修業というわけではないが、一応料理の練習はさせている。しかし、それも最近基本を教え始めたくらいで、甚夜以上にこういうことには向いていない。野茉莉も気後れしているようだが、なんの問題もないとばかりに豊繁は笑った。

「いやいや、協力ゆうたって、そんな堅苦しく考えんでええねん。ああ、せやけど味見役をして欲しいねん。ほんで意見を聞かせて欲しいんや」

つまり調理の手伝いではなく、完成品の味見役を頼みたいというだけらしい。その程度ならば、菓子作りの経験のない甚夜でもできなくはない。野茉莉にも期待しているというのは、単に意見が聞きたいといったところか。

「よかった、それくらいなら」

「お、ほんなら頼んでもええか？」

「はい、私でよければ」

料理に自信はないが味見ならば、と野茉莉は安堵の息を漏らして頷く。同意を得た豊繁は、甚夜の方に視線を移した。あからさまに期待されている。娘が受け入れたのだ、ここで断るのも妙な話だ。

「ええ、私も構いません」

「ほんま、ありがたいわ。実は何を作るか、もう考えてあるんや」

「ほう?」

仕方なくという雰囲気を漂わせていたが、意外にもやる気らしい。周りの視線が集まる中、溜めに溜めて豊繁は高らかにのたまう。

「あんぱんや」

にやりと吊り上げられた口元からは、相応の自信が感じられた。甚夜が首を横に傾け疑問の意を示せば、待っていましたと言わんばかりに滔々《とうとう》と語り始める。

「東京の銀座にある店なんやけどな、あんぱんってゆう菓子を作ったらしいんや。それが売れに売れて、天皇様まで気に入ってしまわはって今や皇室御用達らしいで。あんた知ってるか? あんぱん」

「残念ながら」

「そうなん？　ま、ええか。とにかくそういうことなんや」

一人で納得してうんうんと頷く。そこで話を止められては意味が分からない。続きを促してみれば、何故か返ってきたのは不思議そうな表情だった。

「いや、それが全てやろ？」

今一つ意図が理解できずにいると、豊繁は力強く言い切る。

「せやから、今はあんぱんが人気なんよ。つまり奇をてらわんでも、あんぱんを作ればええってわけや」

堂々と真似をする気らしい。自信満々といった様子だが、正直肯定し難い案だった。

「なあ、甚夜？　僕、この人の店が流行らん理由分かったような気ぃするんやけど」

「奇遇だな、私もだ」

集まっていた視線は全て呆れ交じりのものに変わるが、本人は全く気にしていない。むしろ素晴らしい案だと、心底思っているようだ。

「我ながら完璧や。問題は、あんぱんの作り方どころか見たこともないってとこだけやな」

「うん、問題しかあらへんね」

染吾郎の意見は見事に無視された。

作り方も知らず見たこともないものをどうやって作ろうと言うのか、この男は。

そう考えて甚夜は気付いた。彼の言う味見役に求められる役割は、味を見るだけではないのだ。

「なあ三橋さん、もしかして私達の役目というのは」

「せや！　なんせ俺は、あんぱんなんか知らへんからな。とりあえず適当に作るし、葛野さんがこれやゆうやつを決めてくれへんか」

「私もあんぱんを知らないのですが」

「ええねん。食べた感じ、一番あんぱんっぽいやつを選んでくれたら」

無茶苦茶なことをさらりと言ってくれるものだ。ともかく、こうして三橋屋のあんぱん作りは始まったのである。

「ほい、まずはこれや」

甚夜達の前に出されたのは小さな茶色の菓子である。一口大の丸い菓子は焼きあがったばかりでほんのりと温かい。

「どうやらあんぱんってゆうんは小麦を使った生地で餡《あん》をくるんだ菓子、らしいんや。素直に作ってみたんやけど、どないや？」

期待の視線を受けながら、促されるままに菓子を齧《かじ》る。若干甘さを抑えたあずきに多少風味の付いた生地。味を確かめるように、ゆっくりと咀嚼《そしゃく》して飲み込む。

「饅頭《まんじゅう》だな」

全員が声を揃えて同じことを言う。出されたそれは、なんの変哲もない饅頭だった。

「それに生地があまりおいしくない」

野茉莉が若干不機嫌そうな顔をしている。元々甘いものが好きなのもあって、甚夜や染吾郎よりもこだわりがある分、彼女の評価は厳しかった。

「そ、そうか。結構自信あったんやけど。まあええわ、次に行こか」

そそくさと新しい菓子を店から運んでくる。

次いで出されたのは、何とも奇妙な菓子である。球形ではあるのだが糸のようなもので幾重にも包んであり、あまり食欲をそそる外見はしていなかった。

「三橋さん、これは」

「小麦の生地って聞いてたからな。小麦で作ったもん考えてたら、素麺《そうめん》が思い浮かんでん。ちゅうことで、素麺で包んでみたんや」

「中には当然？」

「餡が入っている」

腕を組み、きっぱりと言ってのける。この男は何故こうも自信に満ち溢れているのだろう。

「すみません、あずき味の麺はあまり食べたくないのですが」

「あ、やっぱり？」

分かっていたなら何故出した。

「甚夜、これうまない」

一応手を出した染吾郎が分かり切った感想を述べる。

甚夜は俯いて溜息を零した。豊繁の発想に任せていては、いつまで経ってもこの味見は終わらない。この後には、野茉莉との外出が控えている。早々に終わらせねばならない。気を取り直し、積極的に意見を出すことにした。

「あんぱんというのは小麦の生地で餡を包んだ菓子、でしたね」

「ああ、せやで」

「ならば、きんつばに近い菓子では？」

きんつばは金鍔《きんつば》焼きの略称で、小麦粉を水でこねて薄く伸ばした生地で餡を包んだ菓子のことである。あんぱんも小麦の生地で餡を包んだ菓子だという。あんぱんがどういう菓子かは知らないが、似通った部分があるかもしれない。

「きんつば、か。いや、話によるとほんま包んでまうみたいなんや。餡が外から見えへんくらい」

「ああ、きんつばの生地で包むと」

「さすがにもっさくなるんちゃうか。あれは薄いからええんや」

豊繁が聞いた話では、あんぱんはきんつばとは全く異なる菓子であるらしい。言われてみれば、生地がそのまま分厚くなっても旨いとは思えない。とすると饅頭、あるいは他の菓子か。幾つか思い浮かべてみるも、しっくりと来るものは出てこなかった。

「せやけど、今ある菓子と照らし合わせてみるゆうんはええかもなぁ。おっしゃ、ほんならちょっと待っててくれんか」

考え方としては悪くないと、豊繁は意気揚々と店へ戻っていく。思い付きの発言だったが、試作のためのきっかけ程度にはなったようだ。後は彼の手腕に期待するしかないだろう。

「団子風の生地にしてみた」

「悪くないな」

「うん。もちもちしてて、おいしいです」

豊繁は次々に、工夫を凝らした菓子を運んでくる。彼の腕はかなりのもので、試作品でも真面目に作ったものなら店に並んでもおかしくないくらい味がいい。

「小麦やからな、焼いたらええ香りがすると思ったんやけど」

「水で練った小麦の生地を焼き上げたか」

「お、いけるやん。そやけど、時間が経ったらちょっとこれはなぁ」

結局、あんぱんが何か分からない以上、悩みに悩んだところで明確な正解を出せず、
ただただ菓子を食い続ける。

「ええ加減しんどなって来たんやけど。老人にこれはきついて」

最初に音《ね》を上げたのは染吾郎だった。食べ過ぎで腹が苦しいらしく、居間の方で寝転がっている。かくいう甚夜も相当きつくなってきていた。

「父様、大丈夫?」

「一応は」

甘いものは苦手ではないし、好むくらいではあるが、さすがにこう連続すると辛い。野茉莉がまだ平気そうなのは、やはり若い娘だからなのか。男と女では甘味をとれる量に違いがあるのかもしれない。

「堪忍な、長いこと付き合わせて。せやけど、今度こそゆうくらいの自信作やで」

言いながら豊繁は、またも店から菓子を運んでくる。今回のものは、黄色の生地に

包まれた円形状の菓子だ。会心《かいしん》の出来だったのか、彼の笑みからは相応の自信が見て取れた。

「小麦の生地やけど、卵と水あめをいっぱい入れて柔らかく焼いてみた。ええ感じに仕上がったと思うで」

「そうか」

甚夜の表情はぎこちない。見た感じ確かに旨そうではあるのだが、いかんせん食べ過ぎた。甘い香りを嗅ぐだけで躊躇《ためら》ってしまう。

「あかん、僕もう無理」

染吾郎は、もはや見向きもせずに手をひらひらとさせている。甚夜もできればそうしたかったが、協力すると言ってしまった。些細な約束でも、反故にするのは矜持《きょうじ》に反する。鈍い手をなんとか動かし、出された菓子を頬張る。

「む」

一口食べてみたが、口当たりはいい。卵と水あめを使ったからだろう、小麦の生地は今までのものよりもふんわりと軽かった。中の餡は若干甘さを控えてあり、後味も悪くない。

「これは、旨いな」

批評したつもりではなく、旨いと自然に言っていた。

続いて野茉莉も一口食べる。にこやかな表情を見れば味を問う必要もない。期待に満ちた目で豊繁が感想を求める。

「ど、どうや野茉莉ちゃん」

「おいしい。うん、これが一番おいしいです」

親娘の答えを聞いて、豊繁は感極まったように肩を震わせた。

野茉莉も気に入ったようで、おいしそうに食べている。その笑顔に、ようやく確信というものを抱くことができた。

「三橋さん、おそらくこれが正解だ」

にやりと甚夜の口元が吊り上がる。豊繁の方も手ごたえがあったらしく、不敵な笑みを浮かべる。

「そうか、これが」

呟いた声に頷きで返す。そうして甚夜は、きっぱりと確信を持って言い切った。

「間違いない……あんぱんだ」

「これがあんぱん」

「ええ、あんぱんでしょう」

彼らが知るよしもないが、勿論《もちろん》違う。小麦粉を使い卵と水あめをたっぷり入れて焼き上げる。それはパンではなくカステラである。もはやあんぱんとはかけ離れたものができてしまったわけだが、真実を知る人間はこの場にいない。野茉莉もあんぱんがどのような菓子か知らず、こくこくと頷いている。

「ありがとう、葛野さん野茉莉ちゃん。あと、そこの爺さんも。おかげさんで、やっとあんぱん作れたわ」

間違っているとも知らず、今までの苦労から豊繁は目を潤ませている。味見だけでもかなりの苦労だった。その分感動もひとしお、甚夜も満足して軽く豊繁の肩を叩いた。

「これを作ったのは三橋さんです。私達は何もしていない」

「そうですよ、三橋さん。おめでとうございます」

野茉莉も試行錯誤の末にあんぱんを完成させた豊繁へ、純粋な賛辞を贈る。

何度も言うが、この菓子はあんぱんとは全く違うものであるが。

「そんなことあらへん。俺一人やったら、こいつはできひんかった。そうや、もう一つ頼みがあるんや」

照れくさそうに豊繁は頬を掻いている。あんぱんの完成に気をよくした甚夜は、穏やかな表情で頷いてみせた。

「ああ、聞こう」

「名前を、考えて欲しいねん。手伝ってもろたからできたんやし、できたら葛野さんにつけて欲しいんやけど」

「む、そうか」

多分、場の空気に流されて柄《がら》にもなく高揚していたのだろう。

少しばかりむず痒い気持ちを感じながらも、その菓子に名をつけて——

◆

2009年8月。

時は流れて現代。葛野《かどの》市、甚太神社。その敷地にあるみやかの自宅では葛野甚夜、梓屋《あずさや》薫《かおる》、そしてみやか本人がテーブルを囲んでいた。

8月25日。夏休みもそろそろ終わる。残った夏の課題を終わらせるために、三人は朝からみやかの部屋でテキストに挑んでいる最中だった。

「甚くん、大丈夫？」

「一応は。ただ、英語は苦手でな」

「なら私がちょっと手伝うよ。代わりに古典で助けてね」

「ああ、そちらは、ほとんどのものを原文で読んだことがある」

「あはは、さすが」

　みやかは二人のやりとりを半目で見つめていた。この夏休みは色々あった。皆で海へ行ったり、お祭りや女子だけで買い物。クラスのいつものメンバーで集まり駅前で一日中遊んだりもした。それに、オカルトな事件もあった。

　なんだかんだと積み重ね、甚夜だけでなく高校で知り合ったクラスメイト達とも随分仲良くなれたと思う。だから甚夜と薫が以前より仲良くなったのも、別段不思議ではない。けれど、いつの間に薫は彼を「甚くん」と親しげに呼ぶようになったのだろう。

「朝顔、すまん」

「あ、ここはね」

　元々甚夜は薫に対して甘かったが、さらに距離が近くなったような。それに彼の方も「朝顔」と、どこをどうすればそうなるのか分からないあだ名を使っている。薫を見るに嫌がった様子もなく、いったいどうなっているのか。みやかには全くもって理解ができなかった。

じっと見ていると、不意に顔を上げた甚夜と目が合ってしまう。しばらく見つめ合う形になったが、大した動揺もなく彼は言う。

「どうした、手が進んでいないようだが」

だとすれば間違いなくあんたのせいだ。言おうとしたが、さすがに理不尽過ぎると思い直す。

「てぃ」

あまりにもいつも通り過ぎる態度が妙に苛立たしく、消しゴムを投げてみる。

「何をする」

こつんと頭に当たった。避けもせず受けもしない。なんだか子供扱いされたようで、それも少し不満だった。

「やった、終わったぁ」

薫がシャーペンを放り出してぐっと伸びをした。ちょうど同じタイミングで甚夜も息を吐く。

「うん、こっちも終わったよ」

みやかの方も片付き、三人は課題を何とか片付けることができた。

ようやく一息つける、というところで母親がお菓子を用意しておいてくれたことを思い出す。

「疲れたぁ。でも、これで安心して遊べるね」

「そうだね。ちょっと待ってて。今、お茶淹《い》れてくる」

台所に行き、煎茶とお菓子を御盆に載せて戻る。部屋には完全にだらけモードに入っている薫と、それを微笑ましく眺めている甚夜の姿があった。確かにこの二人は仲がいいけど、恋人というよりも兄妹に近いイメージだ。いや、年齢を考えれば祖父と孫娘だろうか。

「あ、おかえり」

「薫、床でごろごろしない。はしたないよ、男の人がいるんだし」

「だって疲れたんだもん」

仲はすごくいいけど男性としては意識していないのか、それとも単に深く考えていないのか。薫はスカートのまま寝転がっている。指摘されても改めない辺り、そもそも下着が見えそうとか気にしていないのかもしれない。

そんなことを考えながらテーブルに御盆を置くと、薫はさっと起き上がった。

「お母さんが京都旅行に行ってきたから、そのお土産。三橋屋の野茉莉あんぱんだって」

「あ、知ってる！　この前テレビでやってた！」

甘いものが好きな薫は、嬉しそうに頬を綻ばせる。反面、甚夜の眉間の皺はいつもより深かった。

「ごめん。もしかして、嫌いだった？」

「いや、嫌いではない、が」

以前一緒にお茶をした時、「昔は砂糖が貴重だったから、甘味は滅多に食べられないご馳走だった」と言い、普通にケーキを食べていた。だから甘いものも平気だと思っていたけれど、表情は何故か曇っており珍しく歯切れも悪い。

腑に落ちないものを感じながらも、とりあえずはテーブルの上を片付ける。菓子とお茶が行き渡ったのを確認して、食べるのを促すようにみやかはこくりと頷いた。

「いただきまーす」

ちゃんと挨拶してから、まずは一口頬張る。

野茉莉あんぱんは京都・三橋屋の銘菓で、カステラ生地で餡を包んだ菓子である。柔らかい生地とあずきの組み合わせは確かにおいしい。人気があるのも納得のできだった。

「あ、おいしい」

「うん。でもこれ、あんぱんじゃないよね」

そもそもパンではない。なんでこれがあんぱんなんだろうと思っていると、思わぬ方から意見が出てきた。

「いや、小麦の生地に餡が入っていれば、あんぱんと呼んでもいいんじゃないか？」

「さすがにそれ、適当過ぎると思う」

反射的に突っ込むと、何故か甚夜は苦々しい顔で菓子を噛み締めている。その様子に何か気付いたらしく、薫がおずおずと問うた。

「ねえ甚くん。三橋屋って、確か甚くんが昔住んでた家の隣にあったお菓子屋さんだよね？」

「えっ？　甚夜、京都に住んでたの？」

「昔、一時期な」

それは初耳だった。みやかは甚夜を慮《おもんぱか》りあまり踏み込んだ質問はしない。ただ薫の方はクラスでの席は隣同士、元々の性格もあって疑問に思ったことはすぐに聞く。彼も薫に対しては相当甘いし、もしかしたら以前の生活について結構話しているのかもしれない。

「でさ、もしかしてこのあんぱんって」

「言うな朝顔」

京都に関してなのか、それともあんぱんに関してか。どちらかは分からないが、あまり触れて欲しくない話題のようだ。返ってきたのは、やけに重い疲れた声だった。

「でも、野茉莉あんぱんってどう考えても」

「頼む、言わないでくれ」

「ああ、うん。何となく分かった」

それきり俯《うつむ》き黙り込んでしまった。

恥じるべきは、一時のテンションに身を任せてしまった過去である。

まさか、あんなノリで作られた菓子が百年を超えるなど誰が思うものか。

なんとなく事情を察した薫と訳が分からないみやか。二人の視線を受ける甚夜は、ただただ項垂《うなだ》れるしかなかった。

2

【夕方・リボンの話】

三条通をゆったりと歩く。腰に刀はない。その軽さにはまだ慣れないが、流れゆく景色に心浮かれて、いつになく通りの喧騒が心地よく感じられる。

あんぱん作りは思ったよりも時間がかかり、気付けば夕暮れ時になっていた。橙《だいだい》色の空は雲もなく晴れ渡り、波のない静かな海を思わせる。つまりは夕凪《ゆうなぎ》の空だ。遅くなったことも悪くないと思える。夕暮れは彼女の時間だった。

「父様、どうしたの？」

夕凪の花がゆらりと揺れる。

訪れた呉服屋は、野茉莉のたっての願いだ。父様と買い物に行きたいと頼まれた。子供の頃ならともかく、今ではそんな機会も減ってしまった。だからそう言われた時、甚夜はわずかながらに驚いた。

「少し呆けていた。さて、何を買う」

「あのね、リボンが欲しいの。父様に買って欲しいなって」

申しわけなさそうに、はにかむような笑みで野茉莉が言う。昔から、この手のわがままをほとんど言わない娘だった。言わせなかったのは、父権の強さではなく血が繋がらないからこそできてしまった遠慮だろう。素直にわがままが言えるようになった今が嬉しかった。

「どれがいい」

「父様に選んでもらいたいの。駄目？」

上目遣いで小首を傾げる。野茉莉が使っている桜色のリボンも、以前甚夜が選んだものだ。あれは林檎飴《りんごあめ》の天女が居候《いそうろう》していた頃だったか。あの時も、同じように浴衣《ゆかた》を選んでくれと乞われたことを思い出す。

「懐かしいな。前も同じ遣り取りをした」

「覚えていて、くれたんだ」

花が綻《ほころ》ぶ。野茉莉もちゃんと覚えていたようだ。喜びの滲む呟きに、最初から幼い日を意識していたのだと知る。敢えて同じ道筋を辿ったのだろう。ならば選ぶものも、それに準じるのが筋だ。

「なら、やはり桜色のリボンを」

甚夜の言葉に野茉莉は綺麗に微笑む。選択は間違っていなかった。なんとなくこの娘が次に行きたい場所も想像がついた。

「すまない、これを」

店の者に声を掛け、桜色のリボンを包んでもらう。営業用の笑みを浮かべる小男は善意からか、甚夜らを仲睦まじい男女のように扱ってくる。思考が凍り付いた。甚夜の実年齢は五十七歳、しかしその外見はいまだ十八の頃のままだ。十六になった野茉莉と並べば、そういう関係に見えなくもない。

分かっていたはずだった。いずれ野茉莉は自分を追い越して大人になってしまう。十分理解していたはずなのに、いざ現実を突き付けられて何も考えられなくなった。自分では、もはやこの娘の父親でいてやることができないのだ。それを否応なく思い知らされた。

「いこ、父様」

腕を取って抱き付く野茉莉の笑顔に、止まった時間が動き出す。

「野茉莉」

「もう一つ、行きたい所があるんだ。だから、ね？」

目を白黒させている店員から品物を受け取る。それでも野茉莉は腕に抱き付いたままで、引き摺《ず》られるように店を出る。

手から伝わる温もりに思う。

ああ、この娘は本当に大きく、そして優しく育ってくれた。温もりが気恥ずかしく、不器用ながらも気遣いのできる子に育ってくれたことが嬉しくもある。なのにどこか寂しくもあって、複雑な心境でその横顔を眺める。

差し込む陽光、夕暮れに視界が滲む。

昔は野茉莉の手を引いて歩いたが、もはやそれも必要ない。

いつか離れる手だと知っていた。

きっと、その時はすぐそこまで来ているのだろう。


「おや、葛野さん」

荒妓《あらぎ》神社の境内には、年老いた男の姿がある。国枝航大《くにえだこうだい》。この神社の神主である彼とは、縁があって以来交友を持っている。

「どうも国枝殿、お久しぶりです」

「ええ、ほんまに。同じ町に住んでても中々顔を合わせないもんですね。たまには遊びに来たってください。ちよも喜びます」

ちよは彼の妻だが、甚夜とは同郷でありそれなりに親しくしてきた。今さらだが、それを不思議に感じる。あの小さい娘が、と感じるのは歳を取った証拠だろう。

「今日はどうされたんですか」

「ちょっと、懐かしくなって寄ってみたんです」

甚夜が答えるよりも早く野茉莉が言う。その声色は確かに懐かしむようで、同時にわずかな硬さを含んでいた。その様子に何かを感じ取ったのか、神主はうっすらと目を細める。親娘をじっくりと観察してから、何かを悟ったのか静かに頷いて見せた。

「そうですか。ほんなら、私はこれで失礼します」

「すみません、気を遣わせたようで」

「いいえ、そんな。どうぞゆっくりしていってください」

それだけ言って、彼はそそくさと境内から離れていった。

ざあと木々が鳴く。

夕凪の空にも陰りが見えた。この夕暮れもあとわずか、もうすぐ夜が訪れる。

野茉莉は甚夜の腕を離し、大きく三歩ほど進んだ。落ち掛けた夕日を背に振り返る。

親娘は向かい合い、ただ互いに見つめ合う。

伸びる影法師と頬を撫ぜる風。夕暮れの中、滲む景色。

何もかもが揺らめくようで、輪郭さえ覚束《おぼつか》ない。

不意に野茉莉は、懐から何かを取り出した。根付《ねつけ》だ。でっぷりとした、愛嬌のある福良雀《ふくらすずめ》を両の手でしっかりと握りしめ、彼女はまっすぐに甚夜の目を見据えた。

「父様、今日はわがままを聞いてくれてありがとう」

「いや、私も楽しんだ」

「よかった。男女の仲だと間違えられたのは、恥ずかしかったけど」

何気ない一言に、ちくりと胸が痛む。けれど野茉莉は穏やかに口元を緩めた。

「もうすぐ、同い年になるね」

痛みに耐えるような、置いてけぼりにされたような、そういう心もとない微笑みだった。

「これからは、誰も親子だなんて思わなくなる。だから欲しかったの。私がわがままを言って、父様がそれを聞いてくれる。そういう、何気ない親娘の証が」

いつまでも親娘ではいられないと、野茉莉もまた知っていた。所詮は人と鬼だ、同じように年老いていくことはできない。いつかは終わりが訪れるのだと最初から分かっていた。

「ね、父様。結んで欲しいな」

「……ああ」

野茉莉が結んだリボンをするりと解けば、流れた風にそっと髪はたなびく。言われるがままに傍へ寄り、新しく買った桜色のリボンで彼女の髪を結ぶ。子供の頃はよくやった。しかし今では一人で結べるようになり、こういう形で触れ合うのは久しぶりだ。

変わらないものなんてない。

いつかの言葉が脳裏を過る。

リボンを結び終えて、甚夜は理解した。何気ない触れ合いは、この娘なりのけじめなのだ。野茉莉はここで、新しいこれからを始めようとしている。

──結局、私達は、曲げられない『自分』に振られたんだね。

夕暮れの色に、いつかの別れが重なる。

わずかに甚夜は目を細めた。夕日の眩しさに目が眩《くら》んだ、そう思うことにした。

「父様は、いつだって私の父様であろうとしてくれた。知ってるんだよ。蕎麦屋さんを始めたのは、小学校で私が周りから浮かないように、だよね」

生活面だけで言えば、鬼の討伐依頼だけでも食うには問題がない。しかし、それでは傍《はた》から見れば無職と変わらない。だから蕎麦屋を始めた。小学校に通う娘が、恥ずかしい思いをしないようにと考えた結果だった。

「刀も持ち歩かなくなったね。巡査に捕まったら、私が嫌な思いをするから。それも私のため。いつだって父様は、私の父様でいるためにずっと努力してきてくれた」

遠い目の先には、何を映しているのだろう。大人びた野茉莉の雰囲気に甚夜は何も言えない。

ただ思う。この娘はもう小さな子供ではない。一人で歩いていける、強い子に育ってくれた。彼女の描くこれからに、たとえ自分の姿がないとしても、ちゃんと受け入れられるような気がした。

「今度は私の番、だね」

野茉莉は、あまりにも柔らかな微笑みを浮かべた。

そして静かに、力強く決意を口にする。

「昔言ったこと、もう一度言うよ。……私、父様の母様になるの」

それは、夕暮れには似合わぬ晴れやかさだった。

「今はまだ年下だから、妹くらいかな？　その次は姉。もっと歳を取ったら今度こそ母親になって、父様をいっぱい甘やかすの。頭だって撫でてあげる」

冗談のような語り口が胸を打つ。そこに籠められた心が、熱が染み渡るようだ。

「私、今まで甘えていたね。家族でいられることが当たり前だと思っていた。でも違うんだって、ようやく分かったの」

　寿命の違う生き物がいつまでも同じようにいられるわけがない。それを理解してなお、野茉莉は言葉を紡ぐ。

「私達が親娘でいられたのは、それだけ父様が頑張ってくれたから。だから、今度は私の番。父様の家族でいるために、精一杯努力するの。私は父様ほど長くは生きられないから。いつか、あなたを置いて行ってしまうけど」

　俯く横顔に夕日が差し込む。

　橙《だいだい》色に染まる潤んだ瞳は、いつか来る終わりを見詰めている。

　それでも――

「これからも、家族でいてくれますか？」

――野茉莉は、傍にいたいと願ってくれた。

　差し出された手を眩しいと思った。

　夕日に映し出された愛娘の姿に、一瞬時を忘れた。

　野茉莉に見惚れたのは初めてかもしれない。

「野茉莉……」

「へへ、ちょっとは、素直になれたかな？」

もう片方の手は福良雀を握り締めたまま。たおやかな微笑みは柔らかく、息を呑むくらいに鮮やかだ。

「おしめを替えていたのが、ついこの間だと思っていたんだがな」

「大きくなったでしょう。これからはいつでも甘えていいんだよ」

「なにを、まだまだ親の座は譲れん」

「ええ。でも、うん。もうちょっと私も、父様の娘でいたいな」

傍らに寄り添えば、颪に桜色のリボンが揺れる。

夕凪の空は薄い紫に染まって、夜が少しずつ降りてくる。

見上げれば、ぽつりぽつりと星が瞬く。

「まだ答え、聞いてないよ父様」

「そんなこと、言うまでもないだろう」

「でも聞きたいの」

素直というか、押しが強くなったというか。野茉莉は嬉しそうに、からかい混じりの笑みで詰め寄ってくる。

「これからも家族でありたいと、思っている」

観念して空を見上げたまま答える。

見はしなかったが、花のように綻ぶ彼女の笑顔が想像できた。

「うんっ」

そうして二人はしばらくの間、寄り添ったまま星を眺めた。

いつか離れる手と知っているからこそ、固く固く、小さな手を握り締めた。


【夜・おしまいの話】


「おじさまと野茉莉ちゃん、とても仲良しですね。なんだか悔しいです」

どこかくたびれた屋敷の一室。向日葵は目を瞑《つぶ》ったまま、頬を膨らませていた。

異能を行使し、ここではない遠い景色を覗き見て憤慨する。向日葵はマガツメの長女。マガツメが兄と敵対するうえで、初めに切り捨てなければいけなかったものが鬼となった。だからこそ姉妹の中では一番鈴音に近い存在だ。

「お母様も、ご覧になられました？」

後ろから向日葵を抱きすくめる、黒衣をまとった鬼女。緩やかに波打った金紗の髪は、闇の中にあって眩《まばゆ》いまでの美しさを誇っていた。

向日葵の母は、質問には答えなかった。

ただ、宵闇よりも昏《くら》い声を吐き出す。

『……許せない』

夜は深く、呟きはそっと消えていった。

あなたとあるく

1

いまもおぼえている、あなたとすごしたひびのこと。

明治十四年（１８８１）十一月。

頬を撫でる風に肩を震わせる。季節が変わり、くっきりとした星空に冬の色を感じる。触れる外気が肌に痛い。吹く際の甲高い音と相まって、冬の風は鋭い剃刀《かみそり》を思わせた。

整然とした京の町も、大通りから少し離れれば薄暗い小路が多くなる。光の差し込まない小路は夜になると本当に暗く、そういう場所には古くから人に紛れてあやかしが闊歩《かっぽ》していた。

寒々とした黒天の下、呻きが聞こえる。

小路には一匹の異形《いぎょう》と一人の男があった。鬼は眼前の男を睨み付け、しかし当の男は退屈そうに頭を掻く。そこに怯えはなく、ごくごく自然な立ち振る舞いだ。男は余裕の態度を崩さない。喋れない鬼にも感情はあるのだろう。鬼は己を軽んじる輩《やから》に向かって、目に見えた憎悪を振りまきながら駆け出した。

一息で距離を零にする脚力。見せつけられた人の枠をはみ出た挙動を前に、それでも男は慌てなかった。

「所詮は下位やな」

あわせるように腰を落とし、左足に体重をかけてぐっと踏み込む。足の裏は地面をしっかりと噛んでいる。捩《ね》じられた体、その反発をもって力を生み出す。足から腰へ、上半身、肩。そして腕の先にまで、それは伝わる。

「どこぞの蕎麦屋の店主より遥かにのろいわ」

繰り出す掌打は正確に鬼の顎《あご》を捉え、その勢いに相手の体が浮き上がるほどだ。人が相手ならばこれだけで決まっていた。だが、下位とはいえ鬼。ただの掌打では倒すに至らない。だから、次の一手がある。

「しゃれこうべ」

左手には、三つの腕輪念珠《ねんじゅ》。鉄刀木《たがやさん》で作られたそれには羅漢《らかん》彫が施されている。突き出した左腕から放たれたのは人骨だ。骸骨が、からからと音を立てながら鬼へと襲い掛かる。一体だけではない。四体五体と現れ、雪崩れ込むように鬼を覆う。その頭蓋は施された彫刻とよく似ていた。

骨が肉をかじる。しかし咽喉がないため零《こぼ》れ落ちていく。血が飛び、しゃれこうべが赤く染まる。鬼は抵抗できないまま肉を荒らされ、次第に白い蒸気が立ち昇り始める。

消えゆく骸《むくろ》をどこかつまらなさそうに男は眺め、しばらくの後、鬼は骸骨どもと共に冬の空気へ溶け込んでいった。

それを見届け、男――宇津木平吉は佇《たたず》まいを整えた。

「……嫌な気分やな」

憎いはずの鬼を討ちとり、しかし何故か胸中は霞がかったようで、冬の冷たい風はことさら厳しく感じられた。

「宇津木さん、助かりましたわ」

路地裏から出れば、裕福そうな身なりの恰幅のいい男が待っていた。とある商家の主人で、今回平吉に鬼の討伐を依頼した張本人である。店の近くの小路で鬼の目撃例が増えているから退治してくれという依頼は、元々秋津染吾郎へのものだった。だが、当の染吾郎が乗り気ではなかったため、ならばと平吉が引き受けたのだ。

染吾郎は本来、この依頼を受けるつもりはなかった。そもそも件《くだん》の鬼は誰かに危害を加えたわけではなく、主人も特に被害を受けてはいなかったからだ。

商家の主人は言う。近くに鬼がいる。ただそれだけで不安なのだと。そういう言い方が師は気に入らなかったようだ。何の罪もない鬼をこちらから出向いて討つのは、三代目秋津染吾郎の矜持《きょうじ》に反した。鬼にも悪鬼善鬼がいる。鬼だからというのは、染吾郎にとって討伐の理由にはなり得なかった。

しかし平吉は違った。鬼を嫌う彼にはこの主人の気持ちがよく分かり、依頼を横取りしたのだ。

「あんな簡単に鬼を討つとは。あの秋津の弟子いうだけありますなぁ」

商家の主人は心から安堵した様子だった。

それを見て、平吉は胸のつかえが取れたような気がした。鬼の中にだってまともな奴がいると、平吉も十分に理解している。もしかしたら、さっきの鬼もそういう善鬼だったのかもしれない。本当は師の言っていることが正しいのだと彼にも分かっていた。けれど現実として、鬼がいるだけで苦しむ人々は確かにおり、今目の前に鬼がいなくなったと笑う人もいる。だから師の正しさを認めながらも、自分は間違っていないのだとも思っていた。

「もう師を越えはったんやないですか？」

「まだまだ、お師匠の足元にも及びませんわ。蕎麦屋の店主にも負ける程度やし」

「は？」

最後の呟きは、商家の主人には聞こえなかったようだ。

実際のところ平吉は鬼を討つ者として一端の腕を持っていた。付喪神《つくもがみ》の使役と体術の複合、二十一という若さを考えれば、その完成度はかなり高い。ただ不幸なのは、身近に規格外が二人もいる点である。いまだに師の扱う付喪神を越えられず、鍛えた体術も甚夜相手では掠《かす》らせるのがせいぜい。その状況で自分が強いと思えるほど彼は自惚《うぬぼ》れていなかった。

「いや、何でもないです。ほな、俺はこれで」

「ああ、ちょっと待ってください」

主人から依頼料を受け取り、そそくさとその場を後にしようとするが、歩き始める前に呼び止められる。

「まだ、何か？」

「いやあ、その腕を見込んで頼みがあるんです」

「はあ」

曖昧に返事をする平吉。しかしそんなことはお構いなしに、主人は重々しく口を開いた。

「宇津木さんは、癒しの巫女《みこ》をご存知でしょうか」

◆

「せやけど、やっぱり寂しいもんやね」

くいと杯《さかずき》を傾け、染吾郎は溜息を吐いた。

夜も深くなり、鬼そばで甚夜と二人酒を酌み交わす。染吾郎は、今年で五十四歳になる。高齢だがかなりの酒豪で、底なしの甚夜とどっこいどっこいである。そんな二人が呑んでいるものだから、卓の上に転がる徳利《とっくり》は既に十を超えていた。

「弟子の成長は勿論《もちろん》嬉しいんやけど、こうも一人で何でもやれるようになると、なぁ」

今夜、平吉は一人で鬼の討伐に赴いている。勝手にではない。染吾郎がそれに足る実力を身につけたと判断したからこそなのだが、どうにもすっきりとしない心地だ。手のかかる弟子だった。だからこそ余計に手のかからない今が、物足りなく思えてしまうのだ。

「自分で考えて、自分で動けるようになった。せやのになんやろなぁ、この感じ」

「分からんでもないさ」

酒を呑み干した甚夜が答える。

「育ってくれたことが嬉しくもあり、手を離れていくことが寂しくもあり。そういうものだろう」

「あー、そか。野茉莉ちゃん？」

「ああ。親というのは難儀だな」

野茉莉は十八歳になった。幼い頃から知っている染吾郎でも感慨深いのだから、父親はその比ではないだろう。娘の成長を喜びつつも、親の役目の終わりが寂しい。その心境には強く共感ができた。

「そうか、今さらやけど、君の辛さが分かった気するわ。よっしゃ、今日は呑も！一晩中呑んで」

「いけません」

これなら愚痴を肴《さかな》に旨い酒が呑めると声を上げたところで、女の声が聞こえた。肩までかかる髪を桜色のリボンで結んだ娘は、おぼんに載せた徳利を卓へ置きながら、少し強めに窘《たしな》める。

「深酒は体に悪いですから。これが最後ですよ」

野茉莉がふうわりと微笑みながらも、空になった徳利を片付けていく。

「いや、もう少しくらいは」

「父様も駄目だよ。明日もお店があるんだから」

父親の反論にも聞く耳を持たない。一刀両断とは、まさにこのことである。幼い頃は父にべったりだった野茉莉が甚夜を押している。その姿が、染吾郎には今一つしっくりこない。

「野茉莉ちゃん、押し強なったな」

「勿論。母は強し、ですから」

返ってきた答えは全く意味が分からない。甚夜の方を見れば、肩を竦《すく》めてどこか嬉しそうに口元を緩ませている。

「この娘は、私の母になってくれるそうだ」

ぐいと杯を空けての一言。その答えも、やはり訳の分からないものだった。

「はぁ？」

「もう同い年になったしね。今だと妹でも姉でもないかな？」

何を言っているのだろうか、この親娘は。呆気にとられた染吾郎をよそに、別の声が聞こえてきた。

『ここは正妻としての余裕を見せ、愛人の一人や二人認めるべきでしょうか。それとも旦那様の浮気は認めません、と毅然とした態度をとるべきか。難しいところですね』

卓の上に置かれた一振りの刀、夜刀守兼臣が口もないのに口を挟む。甚夜の妻を自称する彼女にとっては、野茉莉の言に思うところがあったのだろう。

「まだ言うか」

今度は甚夜が戯言《ざれごと》を切って捨てる。

『何か問題でも？』

「問題がないとでも？」

刀と男がにらみ合い、それを娘が微笑ましく見つめる。あまりに奇妙で、やたらと疲れる光景だ。

「こういうのも色男ゆうんやろか」

三人、もとい一鬼一人一振りの遣《や》り取りを眺めながら染吾郎は呆れて息を吐く。女性に慕われているのは事実だろうが、あまり羨ましいとは思わなかった。

「なんやわけ分からんから、とりあえず呑も」

益体《やくたい》のない話というのは酒の肴の基本だ。

手酌で酒を注ぎ、一気に咽喉へ流し込む。

通る熱さは、笑いが零れるほどに心地よかった。

◆

鬼の討伐を難なくこなした翌日、平吉は鬼そばで遅めの昼食をとっていた。依頼料が入ったので少しくらいは贅沢しようと思ったが、習慣というのは恐ろしい。気付けば鬼そばの暖簾《のれん》をくぐり、天ぷら蕎麦を注文していた。

「平吉さん、昨夜はお疲れ様」

周りの客は少ないが、他には聞こえないよう配慮しながら野茉莉が話しかけてくる。

「おう、ありがとな。まあ、疲れるような相手ちゃうかったけど」

「そっか。修行の成果だね」

眩しいほどの笑みで野茉莉は言う。彼女が自分の努力を認めてくれている。そう思えば、自然と顔が熱くなった。

「まあ、そりゃ。ははは」

返しは歯切れの悪いものになってしまった。二十一歳にもなって、好いた相手の笑顔一つで言葉に詰まってしまうとはなんとも情けない。何か気の利いた科白《せりふ》でもと考えまごついていると、ちょうど新しい客が入ってきてしまう。

「いらっしゃいませ！」

身振りで謝罪し、元気な声を上げて野茉莉が離れていく。平吉はその背中に、ほんの少しだけ手を伸ばす。それくらいが精一杯で、相変わらずの軟弱な自分にがっくりと肩を落とした。

「昨日はどうだった」

野茉莉に替わって声をかけてきたのは、新しい客の蕎麦を作り終えた甚夜だった。

「楽勝に決まってるわ。言いたないけど、あんたと比べたら大抵の鬼は雑魚《ざこ》やしな」

先程の醜態から思わず語気が荒くなってしまうが、以前のように敵視しているわけではない。それどころか本人の前では決して口にしないが、今では甚夜に感謝さえしていた。

染吾郎は体術を習得していないため、そちらの方は甚夜に相手をしてもらっている。

甚夜は剣術が主で徒手空拳はそれなりだと語っていたが、彼にとってのそれなりは平吉からすれば十分規格外で、そういう相手と鍛錬をしているからこそ、下位の鬼を取るに足らないと一笑に付すだけの実力を得られた。

今こうして鬼と戦えるのは染吾郎のおかげ、そしてこの男のおかげでもあった。

「過分な評価だ。私よりも強い鬼などいくらでもいる」

「ほんまに？」

「知っているだけでも二匹。随分と昔だが、下位でありながら剣で私を上回る鬼がいた。そしてマガツメもだな」

鬼は嘘を吐かないし、この男は冗談を言うような性格ではない。平吉から見ればそれこそ化け物といっていいほどの力を持つ鬼、それすらも凌駕《りょうが》する存在が現世にはいるのだ。聞かされた事実にごくりと唾を飲み込み、真面目な顔で頷く。

「俺、これからも真面目に修行するわ」

「それがいい。慢心している暇はない。以前も言ったが、私はお前以外が四代目を名乗るなど認めんぞ」

真面目な顔で甚夜がそう言ってくれる。以前はそれを素直に喜べたのに、今は痛くて平吉は俯《うつむ》いた。

「どうした」

「あんたはそうゆうけど。俺、ほんまに秋津染吾郎に相応《ふさわ》しいんかな」

自分でも驚くほど弱音がするりと出た。昔ほどの嫌悪感はないにしろ、鬼に悩みを漏らすようになるなど想像もしていなかった。

「お師匠は鬼にも悪鬼善鬼がおるんやから、悪さをしてへん鬼を討つのは間違ってるって言うんや。せやけど俺は、あんたの前でこんなこと言うんは最低やけど、鬼を慮《おもんぱか》って、鬼の存在を怖がってる人を無視するんはなんか違うと思てまう。お師匠のゆうてることが正しいって分かってんのに、や。そういう奴が秋津染吾郎を継ごうとして、ほんまにええんやろか」

親の仇を討ち、生意気な小僧を引き取って育ててくれた。平吉にとって付喪神使い、なにより秋津染吾郎の名は特別なものだった。強い憧れがあるからこそ、それとはほど遠い自身に苦悩してしまう。理想と現実に挟まれて動けないでいた。

「私があいつに初めて会ったのは江戸の頃、もう二十年以上前だ」

甚夜は馬鹿にはせず、静かに昔語りを始めた。簪《かんざし》とほとと《ぎす》。物に込められた想いが紡いだ不可思議な事件、それがきっかけとなり染吾郎と知り合ったのだと彼は言う。珍しくにやりと口の端を吊り上げていた。

「その時、染吾郎は言っていたよ。鬼はどこまでいっても倒される側の存在だとな」

今の師とは真逆の主張に、平吉は驚いて目を見開く。

「お師匠が、嘘やろ?」

「事実だ。元々害のない鬼を討つ気はなかったようだが、あれで昔は案外と好戦的でな。多少ではあるが、やり合ったこともある。よく話し合えば回避できた戦いだ。思えば、互いに若かったんだろう」

唖然とした。師もこの男も、理性的で分別を持った大人だと思っていた。疑うわけではないが奇妙な気分になる。

「なんや、お師匠も昔からあんな感じなわけとちゃうかったんか」

「ああ、そうだ。それでも秋津染吾郎を名乗っていた。ならば、お前が相応しくないなどあり得ん。むしろそうやって悩める分、お前の方が上等だ」

「そら言い過ぎやろ」

悪態をついても安堵に表情が緩む。慰めを素直に受け止められたのは鬼が嘘を吐かないと学んだからではなく、甚夜が心にもない慰めを口にするような男ではないと理解しているからだ。

「宇津木、お前は少し急ぎ過ぎだ。あいつも相応の経験をもって秋津染吾郎となった。

今のお前が届かないのは当然だろう。しかし、そこに優劣はない。染吾郎は既に答えを出し、お前はこれから出す。それだけだ」

その言葉を噛み締めて平吉は小さく頷く。胸に溜まっていた淀みが、少しは消えたように感じられた。

「人の命は短い。だが、まだまだお前には時間がある。今はひたすらに悩み、より多くを積み重ねるといい。先達に比肩する答えを求めるには、お前はまだ若過ぎる」

「ん……そう、やな」

鬼を是とするかどうか。その悩みは簡単に解決するものではない。おそらく、これからも事あるごとに立ち止まり苦悩するだろう。しかしそれでも四代目秋津染吾郎を名乗るのは自分でありたいと願う。

平吉は不敵な笑みを浮かべた。師ならば、こういう時こそ悠然と構えるはずだ。

「ええと、なんや。とりあえず、まぁ、ありがとう」

照れ隠しで投げ捨てるように礼を言い、気合を入れ直そうと自分の手で両の頬を叩く。

「おっしゃ、結局、悩んでる暇なんかないいゆうことやな。ほんなら次の依頼に取り掛かるわ。それでなんやけど、あんた、癒しの巫女って知ってる？」

甚夜も鬼を討つ者だ。何か情報を持っているかもしれない。

「ああ、半年ほど前から噂になっている、触れただけで苦しみを癒す神仏の加護を受けた女、というやつだろう？」

「へぇ、そんな噂があったんか。俺、昨日聞くまで全然知らんかった」

「こういう店をやっているとな、自然と噂話の類は集まってくるものだ」

それもそうだと納得する。案外、蕎麦屋を職に選んだのはそういう理由からなのか。

ともかく知っているのなら話が早い。

「そんなもんか、まあええけど。ほんで依頼ゆうんが、癒しの巫女からて話なんや」

「ほう？」

「依頼自体はこれから聞きに行くんやけど。その前に、ちょっとでも情報集めとこ思てな」

聞くと甚夜も以前、気になって調べてみたことがあったらしい。それが役に立つのならと、知っている限りを教えてくれた。

「曰《いわ》く、触れるだけで苦しみを癒す、神仏の加護を受けた女。病魔に侵された者も、癒しの巫女が触れればその日の内に歩き出したという。神出鬼没でどこに住むかも分からない。ふらりと現れては人々を癒し、対価に金銭の類も求めないそうだ」

それはまた分かり易過ぎる善人だ。その手の輩を素直に称賛できるほど平吉は幼くなかった。

「出来過ぎてて逆に怪しいわ。そいつ、鬼女なんちゃうか」

「傷を癒す力といったところか。確かに、高位の鬼と考えた方がしっくり来るな」

どうやら甚夜も同意見らしいが、その物言いに違和感を覚える。傷を癒す力。そんな「おいしそうな鬼」の話、彼ならば首を突っ込んでいてもおかしくない。だと言うのに噂を聞きながら、今まで何の動きも見せなかった。

「確かめてへんの？　あんたの好きそうな話やろ」

不思議に思い問い掛ければ、甚夜は小さく首を横に振る。

「いや、確かめようとはした。ただ、癒しの巫女に会えなかっただけだ」

「会えへんかった？」

「ああ。神出鬼没とはよく言ったものだ。巫女がどこから来たのか、そもそも何者なのか。今話した内容くらいしか情報は得られなかった」

「ますます怪しいやん」

鼻で哂《わら》えば、同意するように重々しく甚夜も頷いた。

数多《あまた》の鬼を討ってきた男が足取りさえつかめなかったという癒しの巫女。噂を額面通り受け取るのなら危険はなさそうだが、用心するに越したことはないだろう。

表情を引き締め、平吉は席を立つ。

「ま、会《お》うてみな詳しいことは分からへんか」

「できれば、ついていきたいが」

「やめろや、ガキやあらへんねんから。俺一人でゆうんが先方のお望みやしな」

甚夜は憮然としている。師匠ならともかく、平吉ではその奥にある感情までは読み取れなかった。物言いからするに、心配はしてくれているらしい。同時に癒しの巫女を怪しんでいるようだった。

「宇津木、警戒は怠るなよ。癒しの巫女……名の響きとは裏腹に、存外厄介な相手かもしれん」

「忠告は受け取っとく。詳しい話は、また明日にでもしたるわ」

過敏な反応だとは思うが心遣いはありがたい。謝礼のつもりで気軽に言ったが、都合が悪かったようで甚夜は首を横に振った。

「いや、悪いが明日は店を閉める。こちらにも、ちと依頼が入っていてな」

「なんや、そっちもか。ちなみにどんなん？」

ごく個人的な内容ならば他に漏らすのはご法度だが、今回舞い込んだ依頼は既に巷《ちまた》で噂されているような内容だそうで、表面を撫でる程度には教えてくれた。

「逆さの小路という話を聞いたことがあるか」

「いや、ないな」

「そうか、私もだ」

「なんやそれ」

からかっているのかと思えば、甚夜が相変わらずの無表情で付け加える。別にからかったのでもふざけているわけでもない。誰も彼も知らないことこそが今回の依頼の中核、逆さの小路という不可思議な噂なのだという。

「知らなくていいんだ。曰く、逆さの小路は呪われた話であるため、それを聞いたものは非業の死を遂げる。故に内容を知る者はいない」

「あぁ、怪談とかでようあるやつか」

「その通りだ。だが近頃、この話がやけに耳を突いてな。その上つい先日、逆さの小路を見たという者まで現れた。どうだ、中々面白そうだろう」

おかしな話だ。逆さの小路は誰も知らないはずの怪談。ならば現実に遭遇したとして、誰がそれを「本物」だと判断できるというのか。つまり、不自然に流れた噂も目撃譚《たん》にも、なにか裏がある。そこには相応の怪異が潜んでいるはずだ。

「前から思ててんけど、ようそんなけったいな話見つけてくんな」

半目で見れば、言葉の通りどこか面白そうにしている。染吾郎を好戦的だと評していたが、この男だって相当だ。結局、どちらも似たようなものなのだろう。

「まあ、どうでもええか。長居してしもた。もう行くわ」

鬼と長々と話し込んだあと、退魔として怪異に挑む。矛盾した振る舞いだと思うが、師の教えを実感できたような気もした。

京都の東部、四条通のさらに東。通りから少し外れた場所には、うらぶれた寺院がある。

明治政府は「王政復古」「祭政一致」の理想実現のため、神道国教化の方針を採用し、それまで広く行われてきた神仏習合（神仏混淆《こんこう》）を禁止するため、神仏分離令を発した。神仏分離令は仏教排斥を意図したものではなかったが、これをきっかけに全国各地で廃仏毀釈《きしゃく》運動がおこり、各地の寺院や仏具の破壊が行われた。

平吉が訪れた寺院も廃仏毀釈の憂き目にあい、打ち壊されたひとつである。放置されて草が生い茂り、廃墟と化した寺。ここに癒しの巫女がいるという。

「寺に巫女がいるゆうのも変な話やな」

高まり始めた緊張を少しでも和らげたくて、誰に言うでもなく敢えて声に出す。癒しの巫女とやらは、平吉の推測が正しければ高位の鬼だ。鬼の討伐自体は何度か経験したが、まだ高位の鬼と一人でやり合ったことはない。

「情けない奴」

緊張で体は硬くなり、足も竦んでしまっている。しかしいつまでもこのままではいけないと、躊躇《ためら》う自分に活を入れる。

「いこか」

商家の主人の話では、本堂で癒しの巫女が待っているらしい。警戒は解かず、いつでも付喪神を使えるよう左手に力を込める。ようやく平吉は一歩を踏み出した。本堂に土足のまま入れば、座した女の姿が目に入った。

「あ……」

思わず声が漏れる。腰まである艶やかな黒髪に、少し垂れた瞳の端が幼さを醸し出す、細面の女だった。透き通るというよりも病を患っているかのように肌が白い。細身の体と相まって、触れれば壊れてしまいそうだと感じた。緋袴《ひばかま》に白の羽織、あしらい程度の金細工を身につけた女は、能面のような無表情で平吉を見据えている。

「宇津木様、でしょうか」

涼やかな声に、一瞬思考が止まる。

「あ、ああ」

巫女の雰囲気に当てられて呆けていたせいで上手く返せなかった。巫女は気にした風でもなく、典雅な所作で頭を下げる。

「此度《こたび》は依頼を受けてくださるとのこと。まことに感謝いたします」

もう一度顔を上げれば、夜のように澄み渡る黒の瞳がこちらを捉える。見目麗しいが不健康そうな女は、笑っているのに何故か冷たく感じた。

「そしたら、あんたが」

「はい」

そこでようやく巫女は、緩やかな笑みを見せた。

「私は東菊《あずまぎく》。癒しの巫女、などと呼ばれてもおりますが」

その姿が、最後までいつきひめであろうとした彼女に似ているなど、平吉には分かるはずもなかった。

2

とうめいなあさ、さわがしいひる、ゆうなぎのそら。

しずむひ、みあげれば、ほしにかわり。


「宇津木様、どうぞ楽に」

柔らかな声を発したのは東菊——癒しの巫女と呼ばれる、実像が定かではない女である。

寒々しい板張りの本堂。東菊はその奥、朽ちた木製の仏像を背に座している。

「お、おお」

言われるがままに腰を下ろし正座する。胡坐《あぐら》をかくような真似はできなかった。そういった雰囲気が東菊にはあった。

「一応、確認しとくけど。あんたっ、やなくて、東菊さんは、依頼したいことがあるって話で間違いない……です、か？」

空気に飲まれてどうにも上手く言葉を紡げない。東菊は余裕のある態度で微笑んでみせる。

「ふふ、そう畏《かしこ》まらずとも結構です。巫女などと呼ばれてはおりますが、そもそも何の位もない。宇津木様が気を遣うような女ではありません」

「そ、そか。ほな、あんたも」

「私はこれが普段通りですから」

上手くやり込められていると思った。二度三度首を横に振って気を取り直す。相手は鬼、それも高位の存在かもしれないのだ。弱みや隙を見せるのは好ましくないし、実年齢は分からないが年若く見える女に押されるままではあまりに情けない。なにより、こんなざまでは秋津染吾郎に相応しいと言ってくれたどこかの誰かに申しわけが立たないではないか。

「どうかされましたか？」

「いや。ほな、話聞こか。これでも鬼の友人くらいおるからな。あんたが何もんでも、ちゃんと聞いてやれんで」

堂々と言い切った。自然と知り合いではなく友人と言えた自分が少し恥ずかしく、同時に誇らしかった。

「それ、は……？」

意外な発言だったのか、ほんの一瞬瞳が揺れた。

「あんた、鬼やろ？　それも、高位の」

確認ではなく確信だった。何の気負いもなく、分かり切っていることを言ったに過ぎないという態度で口にする。

「隠すのも無駄、ということですか」

「おう。悪いけど、これでもそれなりに場数は踏んでる。秋津の弟子、舐めてもろたら困るわ」

どうやら当たりのようで、あからさまに東菊の表情は硬くなる。まずは優勢、というところか。彼女の平静な態度が綻《ほころ》びたのを見て、平吉は勝ち誇ったように笑った。

「では、私を討ちますか。秋津は退魔でしょう」

東菊の目が冷たさを増した。

「当たり前や、と言いたいとこやけど。話聞いてからにするわ」

あやかしと退魔は相容れぬものだ。彼女もそうと理解しているのだろう、平吉の言が理解できていないようだった。

「よろしいの、ですか」

「人に害を出すような依頼は受けられへん。せやけど鬼やからって討つゆうんは、控えとこ思てな」

　無論、人と鬼を比較すれば重きは人だ。しかし、お前はまだ若いと、これから答えを出せばいいと言ってくれた鬼がいる。不器用な鬼を知っているからこそ、鬼だからというのを理由に討とうとは思えなかった。

「そう、ですか」

「信じられへんか？」

「いいえ、元々助力を乞うたのは私。ならば何を疑うことがありましょう」

　再び平静な巫女の顔で、東菊は丁寧に頭を下げる。その真摯な態度に、ほとんど直感ではあったが彼女は信じられるような気がした。

「では、話を聞いてくださいますか」

　そうして東菊はゆっくりと語り始めた。

「依頼は二つ、人探しと護衛です。といっても人探しは私の方で。貴方には、その際の護衛を請け負っていただきたいのです」

「人探しはともかく、護衛って誰ぞに狙われでもしてんの？」

「そういうわけではないのですが、外へ出るのに護衛が必要と言いましょうか」

「なんやそら」

何か裏があるのか、考えても分からず彼女の表情からは何も読み取れない。平吉が疑念を向けても、いたって冷静に話を続ける。

「本当は素性を隠して願うつもりだったのですが」

「露見してもたしなぁ」

「ええ。ですから素直に依頼をさせていただこうかと」

静かな湖面のような動かない微笑みを浮かべ、東菊はこくりと頷く。

奇妙な話ではあった。師匠が師匠だけに相応に鬼の知識はあるが、あやかしというのは大概人よりも強大な存在だった。彼女も容姿からは考えられないくらいの力を持っているはずだ。護衛を頼むこと自体が奇妙であり、しかもその相手が秋津だ。もし平吉がまっとうな退魔だったなら、その時点で東菊は殺されていてもおかしくなかった。

「一応聞いとくけど、あんた俺がどういう奴か知ってるよな？」

「ええ、勿論」

彼女は澄ました顔で答える。元々深く考えるのは得意ではない。頭を悩ませていても仕方がないと、平吉は単刀直入に問い質《ただ》した。

「ほんなら、なんで俺に頼んだんや？　ああ、今やなくて最初の話な。下手打ったら殺されてたかもしれんのに」

「なん、で？　なんで、でしょうか」

自分でもその理由を掴みかねているのか、先ほどまでの澄ました態度は崩れて娘らしい顔が覗いている。彼女は視線をさ迷わせ、平吉の問いに答えるではなく思い付いた言葉を口にしているようだった。

「ただ、貴方に頼めばなんとかなると思いました。鬼を討つ者だから」

「はぁ？」

「そう、そうです。きっと鬼を討つ者なら、私をいつだって」

そこまで言い掛けて、ようやく意識を取り戻したらしく東菊は佇まいを直した。

「いえ、人づてに聞いた貴方ならば、私を助けてくださると思ったのです」

鬼は嘘を吐かないというが、彼女が本当のことを語っているとは思えなかった。こういう時、師はどう考えるのだろう。蕎麦屋の店主だったならば。精一杯想像するも、いっこうに浮かんでこない。今分かるのは、東菊が正体を隠してまで探したい誰かがいるということ。それだけでは依頼を受けていいものか判別がつかない。

「せやけど人探しはまだしも、護衛ゆわれても四六時中一緒にいるわけにはいかへんで」

「そこまでは求めません。外へ出る際だけでも結構です」

煮え切らない態度の平吉に、東菊は静かな微笑みを浮かべる。

「貴方は、私の意図が読めないから受けるのを躊躇うのでしょう？」

こちらの思考を読まれ、ぐっと言葉に詰まる。

「ならば、試しに今から付き合っていただけますか？」

巫女は不機嫌な様子もなく、やはり微笑んだままそう言った。


「おぉ、巫女様……ありがてぇ、ありがてぇ」

四条の裏長屋に足を運んだ東菊に、年老いた男が縋《すが》るように地面へ頭を擦《こす》り付ける。

男は皺だらけの顔をくしゃりと歪めて、今にも泣きそうだ。東菊は憐憫《れんびん》を帯びた瞳で男を眺めている。言葉もなくそっと触れれば、掌からぼんやりとした光が零れた。

変化は分かり易かった。まるで憑《つ》き物が落ちたかのようだ。目じりが下がり、心からの安堵が窺える。

「巫女様」

「どうか、どうか」

それだけでは終わらない。自分も楽になりたいと人々は次々に群がってくる。

「ああ、わたしも」

「お願い。辛くて、もう」

重なり合う求めは、願いよりも怨嗟に聞こえる。自分も助けてくれと縋りつく人々は、平吉の目には亡者の群れのように見えた。しかし東菊は顔を歪めることなく、ただ静かな微笑みで一人一人に触れていく。

「勿論です。ひと時の慰めだとしても、どうか今は心安らかに」

平吉は東菊の傍に控え、その光景を呆然と眺めていた。

秋津の弟子を護衛にしてまでやりたいことが何なのか。それを見極めるために、ひとまずは彼女に付き添って外へ出た。目の当たりにしたのは、鬼女が人を癒すために身を粉にする姿だ。先程から東菊は、ひっきりなしに訪れる人々に手をかざしていく。

触れるだけで苦しみを癒す、神仏の加護を受けた女。噂は事実だった。確かに、癒しの巫女は触れるだけで人を癒す。彼女を中心にして円を描くように長屋の住民は押し寄せてくる。一人触れて癒し、また一人触れる。繰り返し繰り返し、癒しの巫女は人々に救いを与える。

「ほんまに、こんな女がおるんか」

まるで奇跡のようだと誰にも聞こえないよう呟く。触れるだけで人を救うことが、ではない。救ってくれと我先に押しかける人々を前に、微笑んでその醜さを受け入れられる、それこそが平吉にとっては奇跡に等しかった。ただ、同時に東菊の献身が薄気味悪くも思える。見返りもなく他者に奉仕できるような真似は平吉には、普通の人にはできない。その意味で彼女は理外の存在だった。

あまりにも非現実的な情景にしばらく目を奪われていたが、人の輪の外が騒がしいのに気付く。何かあったのかと思い、平吉は東菊から離れて騒音のもとへと近付いていく。

「太助《たすけ》さんも、はよう！　巫女様が来てくださったんや！」

「いいんですよ、儂《わし》は」

どうやら二人の男、既に五十を超えた老人同士が言い争っていたようだ。いや、言い争いと表現するには一方的だ。一人は巫女の所に行こうとしているが、もう一人はそれを拒否している。興奮しているのは連れて行こうとしている老人だけで、太助と呼ばれた老人は疲れたような表情で首を横に振るばかりだった。

「止めはしません。ですが、儂は本当にいいんです」

「太助さん！　……なんでや」

太助の言葉に京の訛《なま》りはない。元は他の土地の生まれなのだろう。振り返ることなく、ふらふらと覚束ない足取りで去っていく。太助は姿を消し、戻ってくることはなかった。

だから大して気にするでもなく、もう一度あの奇妙な女に目を向ける。美しくはあるが、ひどく遠くも感じる。平吉は何をするでもなく、癒しを与え続ける東菊の横顔を見ていた。

「護衛って、そういう意味な」

陽はもう完全に落ちて、薄暗い廃寺の本堂に戻る。向かい合わせで座り込み、平吉は呆れたように溜息を吐いた。

「すみません、どうも切り上げ時というものが分からなくて」

置かれた行燈《あんどん》の灯が揺れている。疲れているのだろうか、淡い灯りに映し出された少女は、先ほどよりも白い肌をしているように見えた。

「人探しがはかどらんって、そらそうや。自分、探せてないやん」

「返す言葉もありません。長々と付き合わせてしまって」

結局、あれから数えるのも億劫《おっくう》になるくらい癒しを与え、いい加減焦《じ》れた平吉が人々を帰らせるまで東菊は動こうともしなかった。せっかく外へ出ても、目的の人探

し は全くできないままだった。

平吉は依頼の意図をようやく理解した。東菊の言う護衛とは、命を狙われているから守ってくれという意味ではない。後から後からやってくる癒しを求める人々。放っておけば、いつまで経っても身動きが取れない。だから適当なところで人々を解散させてくれる、押しの強い誰かが欲しかっただけなのだ。

「俺は別にかまへんけど、あんたこそ疲れたんちゃう?」

「いいえ、それほどでは。あと、東菊です」

「は?」

「ですから、あんたではなく、東菊とお呼びください」

物腰こそ柔らかいが、頑として譲る気はない。東菊にはそういう力強さがあった。

初対面の女を名前で呼ぶのは、正直照れくさい。しかし彼女の目はまっすぐで、断りきれそうになかった。

「あー……ほんなら。あ、東菊」

「はい」

返ってきたのは、癒しの巫女という大層な肩書からはかけ離れた素直な笑みだ。先程までの薄気味悪さは感じない。そこいらの娘と変わらない印象に、ようやく平吉も肩の力を抜いた。

「そや、さっき触れただけで皆えらい穏やかになってたけど、あれってなんや？　東菊の力なんやろ？」

言ってから、鬼に奥の手である異能を明かせとは無茶を言っていると気付いた。しかし、東菊は特に気にした様子もなく普通に答えてくれた。

「力の名も〈東菊《あずまぎく》〉と言います。周囲からは癒しの巫女などと呼ばれていますが、あれは癒しなどではありません。記憶の消去・改変、それが私の力です」

「記憶の？」

「ええ。辛い記憶を消して、ひと時の慰みを与える。私にできるのはその程度。だから、私は東菊なのです」

愁いを帯びた目の意味を察する。沢山の人を救いたいのに、為せることはあまりに少ない。無力に苛《さいな》まれたその色は、平吉にも覚えがあった。

「すまん。なんや、嫌なこと聞いたな」

「いいえ、気にしてはおりません」

気遣っているのか、静かに微笑んでくれる。そんな表情を見せられては、彼に言えることなど一つしかなかった。

「護衛の依頼、受けるわ」

「え？」

「そら四六時中ついてはやれんけど、たまにくらいやったらな」

「宇津木様……」

東菊がゆるりと目を細め、感謝に潤ませる。こういう時に照れてそっぽを向いてしまう辺り、自分はあまり成長できていないのだろう。もう少し洒脱《しゃだつ》な振る舞いができたらいいのだが、中々上手くはいかない。

「ありがとうございます。あまり、お礼はできないのが心苦しいのですが」

「期待してへんからええよ。まあ、息抜きやと思うことにするわ」

手をひらひらと振って、気にするなと示してみせる。これは修行の一環。決して情にほだされたわけではない。自分に言い聞かせてみても、あまり説得力はなかった。

「ああ、せや。依頼を受けるからには聞いとかなあかんな。あんたの探してる人って、どんなやつ？」

何気なく軽い調子で聞いたのは、彼女を安心させてやりたかったからだ。

「さあ？　私には、よく分かりません」

しかし東菊の浮かべた表情に安堵はなく、何故か寂寞《せきばく》の色が映し出されている。ここではないどこかを眺めるような遠い瞳が、平吉には帰る家を失くした子供のように頼りなく見えた。

「は？　分からんって、探してるんやろ」

「はい。ずっと探しています。誰かを。それが、誰なのかは分からなくて。ですが、ずっと、探しているんです」

そして、すぅ、と瞬きもせず一筋の涙が零れる。

「お願いします、宇津木様。どうか、御助力を……」

縋るような想い。

それがあまりにも痛ましくて、平吉は何も言えなくなった。

「あー、今日もええ天気や。しっかり働くでぇ」

癒しの巫女を訪ねた翌朝、平吉は鬼そばに足を運んだ。すると甚夜と豊繁が店先を掃除しているところだった。

以前作ったあんぱんのおかげで、今では三橋屋は人気の店になったと聞いている。店主も気をよくしたらしく驚くほど真面目に働くようになったらしい。

「調子がいいようでなによりです」

「いやいや、これも葛野さんのおかげや。借りはちゃんと返すし、なんかあったら俺にゆうてや」

「三橋さんの努力のたまものだとは思うが……そう言うならば頼らせてもらいます」

二人が一緒に掃除しているところをなんとも言えない気持ちで見詰めていると、甚夜の方がこちらに気付いた。

「宇津木、どうした」

「おう」

挨拶代わりに軽く手を上げる。依頼が危険なものでなかったため、昨日よりも気楽に声をかけられた。

「あんた今日出かけるんやろ？　その前に話せへんかな思て。あと、土産も欲しかったしな」

その言葉に反応したのは掃除を続けていた豊繁だ。目を輝かせて、ずいと平吉の前に躍り出る。

「お土産をお求めですか？　それやったら三橋屋名物、野茉莉あんぱんはいかがです？」

見事な商売根性に平吉の目が冷たくなる。ただし、それを向けるのは豊繁ではなく甚夜の方である。

「おい、野茉莉あんぱんて」

「その、なんだ。新しい菓子の名前を考えてくれと頼まれて、ついな」

娘に甘いのは知っているが、ここまでか。この男、実は見た目ほど冷静な大人ではないのかもしれない。

「まあ、ええけど。あんぱんは後で見に行くわ」

「はい、ありがとうございます！」

豊繁をあしらい、平吉は目配せで合図をする。察してくれたようで、甚夜も言葉なく頷き店へと入って行った。

適当な椅子に腰を落ち着け、開口一番平吉は言った。

「東菊って知っとる？」

昨日から気になっていたのは、東菊の花のことだ。癒しの巫女は自身を東菊と称した。ただ生憎《あいにく》と平吉に花の知識はなく、彼女の真意は読み取れなかった。そこで思い当たったのが馴染みの蕎麦屋の店主だ。厳《いか》つい顔とは裏腹に、彼はどういうわけか花の名に詳しい。多少の手蔓《てづる》でも得られるのではと頼ってみたのだが、予想よりも甚夜の反応は鈍く何を考えているのか押し黙ったままだ。

「いや、俺そうゆうの今一つ分からへんから教えて欲しかったんやけど。あんた、結構詳しかったやろ？」

話の持って行き方がまずかったかと慌てて付け加えるも、やはり無表情のまま。不自然に間が空き妙に緊張してしまう。

「東菊は、都忘れの別名だな」

たっぷり数秒は間を空けてから甚夜は答えた。その時には、もう普段通りの彼に戻っていた。

「都忘れ？」

「晩春から初夏にかけて青紫や濃紫の花を咲かせる。その昔、佐渡に流刑の身となった順徳天皇が、むせび泣く日々の中でこの花を見つけ、しばし都を忘れさせてくれるほどに美しい花だと称したらしい。以来都忘れと呼ばれている、という話だ」

「はぁ……ほんまに詳しいなぁ」

「受け売りだ。昔ある女に教えてもらった。で、癒しの巫女となんの関係がある？」

一気に確信を突かれ、平吉は体を震わせた。驚きに声を出せず、視線で問えば呆れたような溜息で返される。

「昨日の今日だ。関係があると思うのは当然だろう」

「それもそうやな。癒しの巫女が、自分は東菊みたいなもんやってゆうから。どんな花なんか気になって」

「ほう、中々に風流な女だ。ひと時の慰みを与える巫女、己があり方を都忘れと喩《たと》えたか」

「ああ」

都を忘れさせる花のようにつらい記憶を忘れさせて、束の間の癒しを与える巫女。彼女の言葉の意味に今さらながら気付かされた。こういう時、自分はまだまだ未熟だと思い知る。もう少し知識があったならば、昨日東菊が名を名乗った時、気の利いた科白の一つも掛けてやれたのに。

「すまん、助かったわ。後ついでに、もう一つ、人探しをする時、あんたやったらどうする？」

「私なら、か。まずは足取りを追い、周りに話を聞く。足で探すのが基本だと思うが」

「やっぱ、そうか」

普通はそうなるだろう。だが、東菊は「誰かを探している、それが誰かは分からない」らしい。これでは足取りを追うことはできない。

「で、どう見る？」

悩み込んでいると唐突に甚夜が聞いてきた。考え事をしていたせいで一瞬反応が遅れた。向けられた目は、静かながらに鋭さを感じさせ、まるで詰問されているような気分になってくる。

「どうって」

「癒しの巫女に会って、お前は何を思った」

最初に思ったのは、長い黒髪と白い肌の不健康そうな女だということ。しかし甚夜が聞きたいのは、そういう感想ではないだろう。東菊は人か鬼か、その性状はいかなるものかを問うている。

「高位の鬼。せやけど、人を傷つけるような奴ちゃう」

「そう、か」

含むところがあるのか、歯切れの悪い返事だった。顎に手を当てて視線を落とし、なにやら考え込んでいる。かと思えばすぐに顔を上げ、いやに真剣な顔つきで平吉を見る。

「ならいいが、油断はするなよ」

「そない警戒するような相手ちゃうと思うけどな」

「だとしてもだ」

妙に強い口調で反論を封じられてしまう。

甚夜が警戒しているのは、東菊を見ていないからだと思った。つまりは、得体の知れない鬼を相手にするのだから注意しろという話だ。強硬な物言いには若干苛立ちもしたが、それも自分を心配しているからだろう。表には出さず飲み込み、一息ついて平吉は立ち上がった。

「ほな行くわ」

素っ気ない態度は、苛立ちがまだ少し残っていたせいかもしれない。

今日もまた護衛の約束をしている。土産に菓子でも買って、廃寺へと向かうことにした。

三代目秋津染吾郎は平吉を大事にしていた。だからこそマガツメに関してあまり情報を与えておらず、向日葵や地縛についてもほとんど知らなかった。そのため平吉は癒しの巫女を無害な鬼と判断し、甚夜にも詳しくは語らなかった。

東菊という花の名を持つ鬼女に対して、疑惑を抱くことができなかったのだ。

「宇津木様」

平吉が廃寺を訪れた時、癒しの巫女は昨日と同じ場所で正座していた。迎えてくれたのは目を細めて口元だけで微笑む、感情の乗らない表情だった。

東菊の容姿は整っているが、正直なところ振る舞いはあまり好きではない。度が過ぎた献身もそうだが、やはり笑顔というのはもっと明るい方がいい。例えば野茉莉のように。そこまで考えて、平吉は煩悩を振り払うように首を振った。金をもらっていないとはいえ一度受けた依頼だ、もっとまじめに臨まなければいけない。

「どうかされましたか？」

その様子を不審に思ったのか、疑わしそうに東菊が見ている。いたたまれない気持ちになりながらも、努めて冷静な顔を作ってみせる。知り合いの蕎麦屋の店主を真似てみたが上手くいかず、口元は完全に引き攣《つ》っていた。

「いや、べつに」

「そうですか」

無味乾燥な遣《や》り取りだ。お世辞にもいい雰囲気とはいえない。気まずくなって、平吉はとりあえず話を逸らそうと手にした包みを見せる。

「ああ、土産持ってきたんや」

「みやげ、ですか」

「そう、野茉莉あんぱんゆう、最近流行の菓子やねんけど」

「え、本当に？」

今度は、平吉が冷たい視線を送る番だった。先程までの澄まし顔の巫女はいない。ぐっと握り拳を作り、見せられた菓子を喜ぶ年相応の娘がそこにはいた。

「気を遣わせてしまったようで、申しわけありません」

平吉の白けたような態度に気付き、東菊は佇まいを直してこほんと咳払いをする。残念ながら、今まで感じていたような高貴な雰囲気は欠片《かけら》も残っていなかった。

「今さら取り繕っても遅いと思わん？」

「何のことでしょうか」

「いや、何のことって。もしかせんでも、今までの態度って演技か」

視線に耐えられなくなったのか、東菊はいじけたように、叱られた子供のようにふてくされたまま呟く。

「その方が巫女らしいかな、と」

人々に癒しを与える巫女は、思っていたよりも俗物だったようだ。平吉の抱いていた印象は完全に消え去っていた。

「まあ、喜んでくれたんやったら俺も嬉しいけど」

固い空気は緩み切ってしまった。東菊は買ってきた野茉莉あんぱんを満面の笑みで頬張っている。昨日見た奇跡のような女は、どこにもいなかった。

「私、あまり動けないから、甘いものって食べる機会がないんだ。外に出たら、昨日みたいなことになるしね」

どうやら彼女の態度は、巫女に相応しいあり様というものを考えて自分で作ったものらしい。ちゃんと接してみれば、東菊は甘いものが好きで明るい普通の娘だ。

「喋るか食べるか、どっちかにせぇよ」

「なんか、昨日より態度悪くなってない？」

「理由が分からんとは言わへんよな？」

彼女は軽く笑いながら視線を逸らす。引っかかるところはあるが、巫女の振る舞いを続けられても困るので責めはしない。理外の存在よりは、調子のいい町娘の方が余程接しやすかった。

「別にええけどな。……つーか、まさか昨日の依頼まで嘘とは言わへんよな」

「あ、それはひどい。嘘は吐いていないよ。護衛して欲しいのも、人探しも本当。私はずっと探しているの。名前も顔も分からない、その人を」

最後のひと欠片を飲み込み、東菊は頼りなく曖昧に笑ってみせる。そこに嘘はないような気がする。確信はないが、縋るような真摯な色は、それが掛け値のない真実だと物語っているように思えた。

「ふーん、その人のこと、ほんまになんも覚えてないんか？」

「……うん」

「それやったら探しようがないな」

現状手詰まり、さてどうしたものかと腕を組んで悩み込む。しかしその愁いは、すぐさま発せられた彼女の言葉に払拭された。

「でも、会ったら分かる」

「は？」

「分かると思う、会えば。だって私は、その人に会うために生まれたんだから」

力なく疲れたような、なのに思い詰めたような。奥底にある想いがいかなるものか、平吉には読み取ることができない。東菊が隠しているからではなく、そのために生まれたと言えるほど強い何かが平吉にはないからだ。

覗き見た横顔は、澄ました巫女の顔よりも余程綺麗に見える。なのに、それを何故か寂しいと感じた。

◇

平吉が癒しの巫女と会っている頃、甚夜も依頼のために四条通の裏長屋を訪れていた。

「……おお、あんたか」

依頼人は、五十半ばから六十といったところだろうか。「逆さの小路に入った友人が命を落とした。調べて、解決して欲しい」というのが、この老人の願いだった。

「すまんなぁ。わざわざ来てもろて」

「いえ。早速ですが、詳しい話を聞かせてもらえますか」

「いや、それが分からへんねん」

しかし肝心の話になると、悔やむように俯いてしまった。逆さの小路について、依頼人はなにも知らないと言う。甚夜も下調べをしたのだが、ほとんど情報は得られなかった。

逆さの小路は、あまりにも恐ろし過ぎる怪談。聞いた者は恐怖のあまり身震いが止まらず、三日と経たずに死んでしまう。この怪異に見舞われた初めの者は発狂して命を落とし、それを見ていた者達も恐ろしさのあまり人に乞われても語らぬまま寿命を迎えてこの世を去った。そうして逆さの小路を知るものはみな死んでしまい、今に伝わるのは逆さの小路という名称と、それが無類の恐ろしい話であった、ということだけである。

これが甚夜の知る全てである。つまり逆さの小路という名前だけが先行して、どういった怪異であるか誰も知らない。最初からそういう話なのだ。

「逆さの小路は呪われた話や。聞いたもんは皆死んで、話の筋は誰も知らん。だから儂もなんも知らへん」

「だが」

「ああ、せや。知らんねん。知らんはずやのに、儂にはそこが逆さの小路やと分かった。なんでか儂にも分からへんけど、分かったんや」

老人は逆さの小路を見つけ、友人が命を落としたと語る。内容の分からない怪異に巻き込まれ、だというのにそれが逆さの小路によるものだと彼は判断した。その理由が、自分のことなのにまるで分からない。

老人は体を震わせ、恐怖に顔を歪めた。演技には見えない。心からの不安がにじみ出ている。

「そうですか。では、逆さの小路まで案内をして欲しいのですが」

「分かった。せやけど、儂はそこまで行きとうない」

「場所さえ教えて頂ければ、途中まで構いません」

結局のところ、行って実際に調べてみるしかないだろう。訳の分からない怪異に対する躊躇いはなかった。この手の中身のない怪談というのは、ほとんどが作り話だからである。甚夜は、逆さの小路自体は単なる作り話だと考えていた。ただ作り話がここまで流布された以上は、そこに潜むなにかがあるはずだ。

今は多くの怪異を解き明かすことが甚夜の目的だ。そのどれかが、あるいはマガツメに繋がっているかもしれない。

訪れたのは、四条通の裏長屋を通り過ぎた寺社仏閣の立ち並ぶ区域。そこからわずかに外れた、建物の陰になって光の差し込まぬうらぶれた小路だった。

老人は逆さの小路を恐れて帰った。しかし実物を見ても別段普通の裏路地であり、鬼の気配も感じられない。これは外れを引いたかと唸っていると、不意に老翁が姿を現した。

「もし、ここでいったい何を？」

声をかけてきたのは背骨の曲がった、年老いた小男だった。年齢は、見たところ依頼人とさほど変わらない。路地裏で突っ立ったまま考え込んでいる甚夜が奇異に映ったのだろう。老翁の目には、不審の色が浮かんでいた。

「失礼。逆さの小路というものを調べておりました」

「逆さの、小路？」

「はい。なんでもここで命を落とした者がいるとか。それが逆さの小路のせいだと言う者がおり、調べて欲しいと依頼を受けました」

「ああ……」

妙な疑いを掛けられたくなかったのと、多少なりとも情報を得られればという期待もあって素直に答えたが、どうやらその判断は間違っていなかったようだ。老翁の顔付きは呆れか疲労か、あるいは痛みに耐えているのか、なんとも表現し難いものに変わった。

「そうですか。ですが、調べたところで何も出てきませんよ。そこはただの小路ですし、逆さの小路なんぞ存在しませんから」

返す物言いも引っ掛かる。今まで集めた情報では「逆さの小路はあるが、その内容は知らない」というものばかりだった。しかし、この老翁は存在しないと断定した。それは、全容を知らなければ口にできない言葉だ。

「貴方は、何かご存知で？」

「……はい」

老翁は逡巡《しゅんじゅん》の後、驚くほどあっさりと頷いた。騙《かた》りではない。彼は間違いなく全てを知っている。そう思わせるだけの重さがあった。

「挨拶が遅れました。三条通で蕎麦屋を営んでおります、葛野と申します。よろしければ、お名前を」

「太助と。もし話を聞きたければ、近くに神社がありますのでそこへ」

「ありがとうございます」

太助と名乗った男は、背を向けて去っていった。

呼び止めることはしなかった。聞けば話してもらえるだろう。だが、それを真実と判断するだけの材料が手元にない。話の内容がどうあれ、自分なりに逆さの小路を探り、真相のとっかかりくらいは見つけておきたかった。

まずは小路に入って調べようとおもむろに一歩を踏み出し、しかし甚夜は動きを止めた。

「……な」

先程まで確かに何の気配もなかった。油断もなかった。

なのに気付けば、目の前に。

吐息がかかるほどの距離に、黒い影が。

咄嗟《とっさ》に夜来へと手を掛け、いや遅い、それよりも黒い影の蠢《うごめ》きの方が早い。辛うじて人型を保っていた黒い影は崩れ、淀み、しみのように広がり、

「ぁ」

避けることも声を上げることさえできず、甚夜は影に飲み込まれた。


それからどれくらいの時間が経っただろうか。

眠っている。それは分かる。体が重くて起き上がろうという気にはならず、頭の方もまだ寝ぼけている。

「…太、もう朝…よ。……て」

まどろむ意識がゆっくりと引き上げられる。揺さぶられる心地よさがより眠気を誘う、緩やかな朝のひととき。

「野、茉莉……？」

いつまでも眠っていたいと思う。しかし、そういうわけにもいかない。眠気を必死に噛み潰しながら重い瞼《まぶた》をゆっくり開ける。そうして自分を起こそうとしている娘に声をかけようとして。

「おはよ」

艶やかな長い黒髪に、雪のように白い肌。ゆったりとした笑顔の甘やかさに呆け、次第にはっきりしてくる頭が違和感に停止した。

「もう、仕方ないなぁ、甚太は。お姉ちゃんがいないと何にもできないんだから」

時間が凍りついた。

もう一度会いたいと、心の片隅で願っていたのだと思う。だが現実になった今、心が追いついてこない。

そこにいたのは、ここにいないはずの人物だった。

葛野の土着神「マヒルさま」に祈りを捧げるいつきひめ。

甚夜は彼女のことを、かつてこう呼んでいた。

「……白《しら》、雪《ゆき》？」

失くしたはずの彼女が、どうしてここにいる？


（次巻へ続く）

短編　名酒の器

歳を取ると、昔を思い返す機会が増えてくる。鬼となってもそれは同じようで、体は衰えなくとも心は老いるのだと妙なところで実感する。長い道のりだけに多くは抜け落ちてしまうが、どうしたって忘れられない記憶もあった。

白雪と過ごした日々や鈴音との暮らしもその一つだ。出会いと別れ、家族との触れ合いや苦しめられた強敵。悲しみにしろ喜びにしろ、強く感情を揺さぶられた出来事はよく覚えている。一方、何気ない過去の日常をふと思い出すこともある。そういう時は改めて振り返って、初めてあれは大切だったのだと気付かされる。失くして初めて価値を知るのではない。老いてようやくそこに意味を見出せるようになったのだ。

甚夜にとって秋津染吾郎との交流は、そういった難解な思い出の典型だった。

「なあ、花見でもせえへん？」

あれは癒しの巫女《みこ》の噂が流れ出した頃の話だ。

神仏の加護を受けた、ありとあらゆる痛みを癒す女が京の町にはいるのだと鬼そばの客が口々に言い合っていた。好奇心もあるだろうが、もしも噂が本当ならばと期待している者も多いように感じられた。

常連などは「娘さんのことで気苦労も多いだろう」と、こちらに話を振ってきたりもした。その時は曖昧に誤魔化していたが、興味がないと言えば嘘になる。痛みを癒すどうこうはともかく、マガツメの暗躍を考えれば特異な力を行使する女というのはいかにも怪しい。

こうして甚夜は、噂を頼りに京の町へと出た。

調べてみれば、そこかしこで癒しの巫女の話にぶつかる。しかし肝心の足取りは不自然なくらい掴めなかった。直に会ったという人々に話を聞いても、行方どころかどのような容姿をしているのかさえ分からない。隠しているのではなく、誰も正確に覚えていなかったのだ。

そこに違和感を覚えてさらに捜索の手を広げたが、結局はなんの手掛かりも得られずに終わってしまう。代わりに癒しの巫女によって被害を受けたといった噂を聞くこともなかった。だから意味がないと探すのを止めた。それでも心のどこかで気にしていたのは、遠い記憶のせいだろう。巫女という響きは痛みの過去に繋がっている。鈴音の存在もあってか、普段以上にこだわってしまった。

ちょうどそんな時だ、ふらりと蕎麦屋を訪れた染吾郎が前置きもなく花見に行こうと言い出したのは。

「花見？　どうした、随分と急だが」

「いやあ、ちょっと思い立ってな。今日は弟子も娘もおいといて、息抜きでもせえへんか」

特に怪異にまつわる依頼があったでもなく、本当にただのお誘いらしい。

京には桜の名所がいくつもあり、花曇りの日に散策するだけでも十分に春の風情を味わえる。しかし生憎《あいにく》と桜や梅の季節は既に過ぎ、花も葉もない枝を眺めるくらいしかできない。

それを指摘するよりも早く、ほとんど無理矢理に外へ連れ出された。この老人は幾つになっても無駄に活発で、大抵は甚夜が振り回される。嫌がっているわけではない。鬼と退魔が曲がりなりにも交友を続けられたのは、彼の躊躇《ためら》いのなさが大きな理由だ。ただし相応に迷惑をかけられる場合もあるため、手放しに褒めることもできなかった。

「この辺りも様変わりしたなぁ」

四条通を歩きながら、染吾郎は感慨深そうに辺りを見回す。

何年か前の洪水で壊れた四条大橋は、今では鉄製のラチスガーダー橋に変わっている。場所によっては西洋式ガス灯も導入しているそうだ。葛野で育ち産鉄がいかに重労働かを知っている甚夜にとっては、大量の鉄でできているというだけでも驚かされる。

「確かに。これからも新しい文化は入ってくるのだろうな」

「京で生まれ育った僕からすると、嬉しいような悲しいような。ええことやとは思うんやけどね」

染吾郎が複雑そうに笑いながらも溜息を零《こぼ》す。似たような感覚は、甚夜も味わったことがある。暮らし向きが良くなっていくのは喜ばしい。ただ、移ろいゆく景色に少しだけ寂しくもなるのだ。

気持ちが分かるから言及はせず、軽い雑談を交わしながら染吾郎に案内されるままついていく。向かった先は四条大路だ。花見というから北野神社の梅でも見に行くのかと思えば、辿り着いたのは一軒の店屋だった。

『会田屋長次郎《あいだやちょうじろう》』という看板を掲げた店は、茶屋や小間物屋などが立ち並ぶ栄えた一角にあり客入りも悪くないように見える。ただし、周囲には花どころか木の一本もなかった。

「ここは、なんと元禄の頃からやってるんや。見てみぃ、中々趣のある店構えやろ」

促されて店に入ると、素朴な陶器や色鮮やかな磁器などが所狭しと並べられている。どうやら焼き物の小売らしく、茶碗や酒器などの食器以外にも壺や飾りなども取り扱っているようだ。骨董の類も見受けられる。古物に宿る魂を操る付喪神《つくもがみ》使いにとっては、こういった器物の集まる場所は馴染み深いのかもしれない。

「で、花見はどうした」

「まあまあ。もうちょぃ付き合ったってえな」

甚夜を軽くいなして、染吾郎は近くにある器を手に取りしげしげと見詰める。

「うん、さすがに会田屋と取引のある窯元《かまもと》や。ええもん作ってる」

「そうなのか?」

「分からんか。まあ君は縁がなさそうやしなあ。ほな、これなんてどないや?」

言いながら見せられたのは、赤茶の地味な酒器だった。生憎と目利きはできない。普段使いの食器と比べれば造りがしっかりしているような気もするが、そこまで唸るほどの出来なのかは甚夜では判別がつかなかった。

「これは備前《びぜん》やな。釉薬《うわぐすり》を使わんと、土と火だけで作るから素朴な印象やろ。他にも特徴があって、こいつで酒を呑むと香りが立って味もまろやかになる」

「む、それは興味深いな」

「はは、君やったら食いつくと思たわ」

呑兵衛《のんべえ》としては、注ぐだけで酒が旨くなる器というのは是非とも欲しい逸品だ。それを聞いてから改めて見れば、品格のある佇《たたず》まいに感じられるから不思議なものである。

「あとは九谷《くたに》。色鮮やかで大胆な絵柄が多いし、分かり易く綺麗やと思うよ。金工《きんこう》が成立に関わってるから、秋津としても縁があるしな」

並んでいる小鉢は確かに彩り豊かで目を惹《ひ》く。染吾郎が言うには、九谷の魅力の一つは絵付けにあるらしい。絵柄は花鳥や山水など、器であると同時に絵画としての美しさも持つのだと。

染吾郎は他の陶磁器の特徴も茶化しつつ解説していく。そう言えば、おふうにもこんな感じで花の名を教わった。懐かしさも手伝って、最初は乗り気ではなかったがいつの間にか次々と出てくる話に耳を傾けていた。

「どや、中々おもろいやろ」

「ああ。背景を知ると見え方も変わってくるな。いくつか欲しいものまで出てきた」

「そいつはなによりや。ただ気ぃ付けなあかんよ。皿一枚のために借金して身を崩した好事家《こうずか》もおるくらいやから」

「娘がいるんだ、そこまではのめり込まん」

「そうやとええなあ」

からかうように染吾郎は含み笑いをして、くいと顎《あご》で店内の一角を示した。

「こいつが僕のお目当てや」

その先にある器の数々に甚夜は目を見開いた。

「鍋島《なべしま》の色絵《いろえ》柴垣《しばがき》桜文皿……見事なもんやろ？」

染付の青で柴垣を、色絵の赤で桜を表した皿だ。桜に柴垣というのは伝統的な文様の一つではあるが、それを丁寧に流麗に描いている。その鮮やかさは、素人の甚夜でも素直に美しいと感じられるものだった。

「これは確かに花見だな」

多種多様の器に桜が咲いている。何も知らなければ大した感動もなかっただろうが、色々と知識を仕込まれた後だからそれの価値が分かる。

桜は満開の華やかさと儚《はかな》い散り様の優美さが日本人の美意識に合致し、古くから愛されてきた花だ。また桜には稲の神が宿ると信じられ、その文様には五穀豊穣への祈りが込められていた。ここに置かれている皿や壺に描かれているのは、写実的なもの以外にも波に桜を散らしたような絵柄、簡略化した文様などそれぞれ趣向を凝らしている。だが、どれにも作り手の想いや祈りが込められているに違いない。

「季節外れでも、これなら関係あらへん。なんせ百年前も変わらず、百年後も残る花や」

陶磁器の類は、古い物なら百年や二百年はざらだ。染吾郎は当たり前のことを言っただけだ。それなのに柔らかな気持ちになれるのは、裏を簡単に読めてしまうくらい言葉を交わしてきたおかげだろう。

「ああ、そうだな」

短く返せば、してやったりと染吾郎が口角を吊り上げた。

込められた意を察してくれると当たり前のように信じられる。くすぐったいような感覚に甚夜は肩を竦《すく》めた。


その翌日、いつもの通り染吾郎は鬼そばに昼食をとりに来た。

金はもらわない。礼の代わりに蕎麦をごちそうしたくなるくらいには、昨日の花見は価値があった。癒しの巫女などという怪しげなものに頼らなくとも、痛みは何気ないことで和らぐのだ。

「毎度毎度悪いなあ」

「なに、私の方こそ世話をかけている」

染吾郎はしたり顔でそれを受ける。素直にこういった言葉が出てくるようになったのは、甚夜にとって大きな変化だ。それをこの友人は、たぶん誰よりもよく知っている。

「そう言ってくれるんはありがたいけどな。ところで、買《こ》うたやつは使《つこ》てる？」

「いいや、まだしまってある」

「あらま、早速、花見酒を楽しんでるもんやと」

花見の後、興が乗って会田屋長次郎で酒器を買った。酒が旨くなるという備前ではなく、桜の花びらが描かれた鍋島の杯《さかずき》だ。酒を注げばそこの花びらが揺れるように滲み、中々の風情を見せてくれるらしい。同じ窯元の徳利《とっくり》もあったが、杯だけでも結構な値だったため、そちらまでは手が伸びなかった。

「お前の気遣いだ。せっかくだし、何か特別な機会に使いたいと思ってな」

けち臭いとは思うが、しっかりと背景を踏まえて酒器を購入したのは初めてだった。高い買い物だったこともあり、使いどころを悩んでしまう。しばらくは棚に飾ったままになりそうだった。

「へ？」

そこで何故か、染吾郎が不思議そうにこちらを見返した。その反応は甚夜にとっても意外だった。飄々《ひょうひょう》としつつもいつも気遣いを忘れずにいてくれる。今回も、この友人のそういった気質ゆえの行動だと思っていたからだ。

染吾郎が変わりゆく京の町並みに寂しさを感じ、それを和らげようと変わらない花を見ようとしたのは事実だろう。しかし同時に、癒しの巫女の件で若干ながら沈んでいた甚夜を慮《おもんぱか》り、束の間の慰めにと誘ってくれたのではないか。

そう伝えると、気まずそうに目を逸らされてしまった。

「……すまん。今回は、ほんまに僕の息抜きのためや」

染吾郎は内心の動揺を誤魔化すように一気にまくしたてる。

「いや、平吉が自分で依頼を受けるようになって、なんていうか、手持無沙汰やったんや。なんもしてへんと気が急《せ》いてまうから、ちょっと良い品が入ったて聞いたし、あの店冷やかしたろと思って。それで独りもなんやし、娘に手がかからんようになって寂しがってる君も連れてったろ、と」

つまり弟子が相手をしてくれないから代わりに甚夜を連れて行っただけで、他に大した意図はなかったようだ。どうやら深読みが過ぎたらしい。染吾郎が申しわけなさそうにしているが、こちらとしても見当違いの感謝を向けていたと知って少し恥ずかしかった。

「まあ、なんだ。そういうこともある」

「せやな。それで終わらしとこ」

この話題を続けるのは、お互いのためにならない。友人の違った一面を知れた、というところで打ち切っておくべきだろう。

一度咳払いをして、今までの遣《や》り取りなどなかったように染吾郎が普段通りの表情を作る。甚夜もそれに合わせ落ち着いて応対する。これも年の功なのか、両者とも表面を取り繕うのは慣れたものだった。

「せやけど、特別な機会なんて言ってると使わへんまま終わってまうで」

「確かに」

このまま使わずにしまい込んでおくのはもったいない。近々なにかいい機会はないかと考えていると、一つ案を思い付く。元々今回の件が平吉の成長に起因するなら、彼と共に使うのが筋というものだろう。

「そういえば、宇津木は酒をやらないのか」

「ん、そういやまだ呑んだことはなかった、はずやけど」

「なら酒の席を設けて、こいつで一杯やるのはどうだ」

桜は門出を祝う花だ。あの生意気な小僧も、今では立派な男になった。節目に桜の杯で祝杯を挙げるのは悪くないかもしれない。

「おお、そいつはええな」

こうして本人がいない間に酒宴が決まった。巻き込むような形ではあるが、成長を喜ぶ気持ちに嘘はない。未熟ながら研鑽《けんさん》を続ける平吉と酒を呑み、愚痴の一つも聞いてやるのは面白いかもしれない。

染吾郎も賛同してくれているようだ。変わることを憂いていた彼が、変わった弟子のことを心から喜んでいる。おかしな話だが悪くない気分だった。

「ほんなら、その時にはええ酒を用意するわ」

「ああ、頼んだ」

癒しの巫女の噂は、相変わらず毎日のように耳にする。客の中には執心している者もいるようだが、甚夜がそれにこだわることはなくなった。

代わりに店の棚には真新しい杯が増えた。

どうやら酒が旨くなる酒器は、備前だけではないらしい。

この物語はフィクションであり、実在の人物、店、企業、団体等には一切関係ありません。

双葉文庫

な-50-06

鬼人幻燈抄《きじんげんとうしよう》（六）

明治編《めいじへん》　夏宵蜃気楼《なつよいしんきろう》

2023年9月16日　第1刷発行

【著者】

中西《なかにし》モトオ

【発行者】

島野浩二

【発行所】

株式会社双葉社

〒162-8540 東京都新宿区東五軒町3番28号

［電話］03-5261-4818（営業部）　03-5261-4804（編集部）

www.futabasha.co.jp（双葉社の書籍・コミックが買えます）

【印刷所】

中央精版印刷株式会社

【製本所】

中央精版印刷株式会社

【フォーマット・デザイン】

日下潤一

ISBN978-4-575-52693-6 C0193
Printed in Japan